Fabienne Pascaud

L'aimante

Stock

Photo de bande : Collection de l'auteure

ISBN 978-2-234-09248-8

Éditions Stock, 2023

À Paul
À Luc

Louis,

Te voilà donc devant moi, étendu dans ton cercueil au bout de la nef de notre paroisse.

C'est la messe de ton enterrement.

Je croyais que ce jour-là n'arriverait jamais.

Tes fils, ta famille, nombre de nos amis sont là pour t'accompagner une dernière fois.

Il y a trois semaines, tu jouais encore du piano. Comme toujours, le *Clavier bien tempéré* de Bach. Tu t'appliquais, tu regardais fixement les touches. Curieusement, tu n'as jamais oublié ces notes-là.

Depuis quelques mois, tu avais composé aussi cette mélodie à fendre l'âme, dont tu me gratifiais chaque soir, lorsque j'arrivais de *Télérama*. C'était mon accueil.

À 19 heures. Dès que tu avais fini, Zélia, qui s'occupait de toi l'après-midi, t'applaudissait chaleureusement et elle rentrait chez elle. Comme je regrette de ne pas t'avoir enregistré en train de me l'interpréter.

Je regrette tant de choses…

Difficile d'accompagner l'amant, l'époux, le père de ses enfants dans cette lente descente aux ténèbres qu'est la maladie d'Alzheimer. Elle fait peur. Elle éloigne. Certains proches osent à peine la nommer. Comme si elle déshonorait celui ou celle qui en est atteint.

Toi, Louis, tu as toujours cru que tu allais la vaincre. Tu étais un combatif.

Tu accrochas d'abord partout dans ton bureau tes poèmes préférés de Mallarmé, de Rimbaud, que tu t'acharnais à réapprendre par cœur. Tu lisais constamment, aussi, pour activer ta mémoire. Mais c'était toujours la même page. Tu ne t'en rendais déjà plus compte. Et quand au début on essayait, bêtement, de te le dire, tu répondais en riant qu'au moins Alzheimer te laissait entier le plaisir de la « première fois ».

Tu ne t'es jamais plaint. Tu faisais superbement semblant. Tu rentrais avec le sourire et un à-propos incroyable dans toutes les conversations. Tu feignais de reconnaître les gens qui te saluaient, ceux qui n'avaient pas peur de t'approcher et qui ne se détournaient pas de nous. Longtemps, on m'a dit que tu n'étais pas malade.

Tu étais si digne. Tu avais toujours peur de nous déranger, de nous ennuyer, de nous fatiguer. D'être un poids. Toi, tu voulais rester léger. Tu continuais comme avant à t'enchanter des sons qui t'entouraient, tels que la résonance d'un verre, le tintement d'une assiette avec ton couteau ou ta fourchette, le chant d'un oiseau par-delà la fenêtre, le bruissement de mes bracelets, le carillon d'une sonnette... Ton absolue et continuelle attention à nos paysages sonores, comme tu disais, était même épuisante. Il nous fallait sans cesse être à l'écoute à tes côtés. Mais ton sens de l'émerveillement restait leçon. Toute ta vie, tu as su préserver ton esprit d'enfance...

Ta place à la maison se mit peu à peu à changer. En féministe convaincu, tu t'étais toujours occupé bravement des tâches pratiques et ménagères. Tu devins lentement notre petit enfant.

Paul et Luc, tes fils, ont alors tout étudié d'Alzheimer pour prendre au mieux soin de toi auprès de Marilou qui t'accompagnait dès le matin et de Zélia qui lui succédait. Ils étaient d'une vigilance à toute épreuve. Ils ne supportaient pas qu'on puisse t'humilier ou te faire perdre la face, si bien qu'au fil des mois nous avons appris tous les trois à rire avec toi de tes oublis, de tes méprises, de tes bêtises, de tes bricolages insensés, de tes folies. L'humour nous a permis de tenir.

Je m'occupais des soirées, des nuits et du petit matin. Avant le confinement du Covid, je t'emmenais chaque soir au théâtre ou à des concerts. Tu attendais avec impatience que nous partions tous les deux. Dans la salle, où nous arrivions tôt pour nous installer au mieux et ne pas déranger, tu ne comprenais plus pourquoi nous étions obligés de rester à nos places numérotées quand il restait encore tant de sièges vides ! Tu disais que c'était absurde et tu n'arrêtais pas de vouloir te rapprocher de la scène. Tu ne connaissais plus les codes. Mais une fois convaincu, tu te tenais très droit sur ton fauteuil, immobile, silencieux. Jamais tu n'as été tenté de partir avant la fin d'un spectacle, comme si une mémoire te demeurait quand même de ce qu'était une représentation, un concert ; comme si tu y prenais un insondable plaisir. Tu écoutais les voix, les sons avec gourmandise. Et puis on était ensemble, tous les deux. Dans le noir, on se tenait la main.

Même pendant le confinement, quelques après-midi durant, nous avons suivi les captations organisées par certaines chaînes de télévision dans des salles de concert. Elles étaient réservées aux professionnels, aux journalistes, autant de personnes qui savaient souvent qui tu étais, qui tu avais été. Mais je me fichais maintenant qu'ils se désolent, peut-être, en nous voyant avancer si péniblement, que tu ne sois plus l'être solaire, brillant, plein d'audace et d'insouciance que tu avais été. Déjà que la maladie t'enfermait en toi-même, s'il fallait encore te cacher... Et puis j'aimais donner le bras au séducteur qui jusqu'au bout veillait à rester élégant, me demandait s'il était convenablement habillé, dissimulait sous une écharpe son cou qu'il trouvait trop ridé et s'effaçait toujours avec galanterie pour me laisser passer.

Tu haïssais la médiocrité. Tu préférais rêver et inventer. Beaucoup, après toi, se sont inspirés de tes idées de design sonore, de spatialisation des sons, en oubliant parfois que tu en étais l'initiateur. Tu t'en moquais. Tu disais que les idées appartiennent à tout le monde. Tu nous as toujours tirés vers le haut, Paul, Luc et moi.

Peu de temps avant ta mort, alors que nous allions fêter tes quatre-vingt-deux ans, Paul et Luc ont retrouvé un de tes entretiens sur France Culture. Ils désiraient te le faire réentendre, espérant magiquement on ne sait quel déclic. Nous espérions toujours de magiques déclics. Mais tu n'as pas reconnu ta voix et leur as déclaré avec ton impitoyable insolence : « Arrêtez de m'emmerder avec les niaiseries de ce con... »

Tu détestais la nostalgie, tu n'aimais qu'imaginer demain.

Paul et Luc ont pourtant voulu qu'on t'enterre aujourd'hui dans le costume de notre mariage, voilà vingt-cinq ans. Vingt-cinq ans d'émerveillement. Que j'éprouve toujours, incrédule. Même devant ce cercueil si froid, si droit juste en face de moi, là, dans la nef de l'église Notre-Dame-de-Lorette.

Alors devant nos fils, nos familles, nos amis, te dire une dernière fois, Louis, que même malade, même terriblement diminué, tu es le seul homme que j'ai jamais admiré.

2021

« Madame, vous me faites mal... Madame. S'il vous plaît... »

C'était la première fois que tu m'appelais « madame ». La première fois que tu ne me reconnaissais pas. Une semaine juste avant de mourir, ce matin-là de janvier.

Stupeur. Dix ans que tu résistais à la maladie et n'avais jamais oublié mon prénom, quand tu nommais depuis longtemps « monsieur » chacun de nos deux fils.

Tremblante, je me précipitai pour te lever de ton lit, t'enfiler ta robe de chambre, t'asseoir sur ton fauteuil, faire quelque chose – n'importe quoi – qui me permette de te tester, encore une fois. Je forçais le mouvement pour que tu me parles, m'appelles par mon prénom. Me reconnaisses. « Vous me faites mal, madame, très mal, madame... »

Tu l'as redit. Tout doucement, dans un souffle. Comme un enfant, les yeux fermés, le corps fragile et décharné.

C'était donc là. C'était fini pour moi aussi. Comme pour les autres. Ma tête se vidait, j'avais soudain si froid. « Mais c'est moi, mon ange, c'est moi, ta femme, Fabienne... » Et je ne pus m'empêcher d'articuler la phrase que je m'étais jusqu'alors interdite, pour ne pas te blesser : « Tu ne me reconnais pas ? »

Non, tu ne me reconnaissais plus. Tu ouvris péniblement des yeux vides, me souris gentiment. Poliment. Tu étais ailleurs et semblais t'en excuser.

Je m'assis sur une chaise à tes côtés, sans parvenir à comprendre, à accepter, paralysée. Tu continuais de sourire. Tu n'avais rien mangé du petit-déjeuner que je t'avais préparé, même pas bu ton thé. Je te conduisis à la salle de bains pour faire ta toilette. Tu avais désormais beaucoup de mal à marcher, tu t'appuyais sur moi. Nous étions devenus deux fantômes.

J'avais été si fière d'être la seule que tu reconnaissais toujours, envers et contre tout, malgré ta mémoire en miettes ; ça sauvait toute notre histoire, ça me délivrait de mes souffrances. Jusqu'au bout, tu me murmurais si souvent combien tu me trouvais belle, élégante. J'en étais agacée, parfois : « Mais ce n'est plus vrai, arrête, tu le sais bien. Regarde-moi, je suis toute moche, toute vieille maintenant. Pleine de rides. Ma prétendue beauté, mon élégance – tu aurais dû me les vanter avant, tu sais ; ça m'aurait fait si plaisir alors, j'en avais tellement besoin. Quarante ans après notre rencontre, ce n'est presque plus la peine. »

1978

Pigiste timide de vingt-trois ans, j'étais venue apporter mon second article à Claude-Marie Trémois, gouailleuse rédactrice en chef du service cinéma à *Télérama*. Revendiquée titi parisien de la très bourgeoise rue Laborde où elle est née et vit toujours, éprise de Tchekhov, Bergman et Truffaut, elle avait la cinquantaine, le cheveu ras et blond, la démarche d'un grenadier. Petite, elle était presque toujours en jeans blanc et de méchante humeur derrière ses épaisses lunettes à monture transparente. À lire ses critiques depuis l'enfance dans *Télérama* – vendu à l'entrée comme à la sortie de la messe –, je savais qu'elle partageait mon goût pour le théâtre et qu'elle avait ardemment défendu les dramatiques de Marcel Bluwal et Claude Santelli à la télé de l'époque. Je m'étais donc risquée à lui proposer une première interview d'Antoine Vitez, qui ce mois de juillet 1978, au Festival d'Avignon, avait monté entre ascétisme et fureur les quatre grandes comédies de Molière. Elle avait accepté, en avait paru contente et l'avait fait passer dans le journal. Mon premier grand entretien dans les pages de *Télérama* ! Quelques semaines plus tard, elle me demanda de rencontrer Roger Planchon pour jauger réellement mes capacités. « Votre Vitez n'était pas mal, mais c'était sûrement le coup de pot du débutant. Ou ce n'est pas vous qui l'avez écrit... » avait-elle maugréé de son sourire fielleux aux dents fines et pointues qu'accompagnaient de microscopiques yeux bleus moqueurs.

Planchon, c'était autre chose, en effet. Il était alors l'un des pères de la décentralisation culturelle, patron vénéré du Théâtre national populaire de Villeurbanne, metteur en scène flamboyant et iconoclaste, illustre dépoussiéreur de classiques du répertoire et très subtil acteur. Je l'avais découvert dans la *Bérénice* de Racine qu'il avait mise en scène et interprétait au Théâtre Montparnasse aux côtés de Francine Bergé en 1970. Une révélation. Ma sœur aînée m'avait offert de l'y accompagner pour mon quinzième anniversaire. Énigmatiques mais fiévreux, le verbe insinuant, la diction hautaine, Planchon et Bergé m'inoculèrent à jamais la folie de la scène.

Au point que, peu après, ma mère avait dû m'inscrire en secret – mon père s'y opposait farouchement – chez Raymond Girard, célèbre professeur d'art dramatique dont nous avions obtenu l'adresse. Chaque semaine, en cours particulier dans son grand appartement de la rue Vavin, il me faisait dire des fables de La Fontaine et me corrigeait doctement. Il me jugeait trop jeune pour m'admettre à son cours collectif, au sous-sol de l'immeuble en céramique blanche signé par l'architecte Sauvage. Y avaient étudié avec lui Jean-Paul Belmondo, Françoise Fabian et tant d'autres. On y préparait le Conservatoire où le maître était lui-même professeur de diction. À dix-sept ans, deux ans plus tard, j'intégrai enfin le cours. Quelques camarades avaient l'air de me trouver douée, pour la tragédie surtout ou, curieusement, la farce délirante. Tous les personnages excessifs. Mais jamais je n'ai réussi le concours d'entrée au Conservatoire que je me suis pourtant acharnée à tenter. À chaque échec, la même déchirure. Sanglante. Je n'ai plus osé me torturer ainsi. C'était un signe, ai-je fini par penser. Il me faudrait vivre ma passion, ma faim de théâtre autrement.

Dans le dernier film de Michel Deville, *Le Dossier 51*, qui allait bientôt sortir, Roger Planchon rayonnait de machiavélisme, incarnait avec une acuité démoniaque un terrifiant agent secret. Parler avec cet adepte de Bertolt Brecht qui avait révolutionné la mise en scène dès les années 1960 impressionnait la débutante que j'étais. Mais si quelques mois auparavant il ne m'aurait jamais regardée en tant qu'apprentie comédienne, voilà qu'il souriait courtoisement à la jeune journaliste venue l'entretenir. Son intelligence sarcastique colorait chacun de ses mots, de ses silences. Cet anticlérical absolu, pourfendeur d'idéologies et d'hypocrisies historiques et politiques, déniaisait quiconque l'écoutait avec une mine d'éminence grise ou de confesseur. Dès 1967, il avait monté un *Tartuffe* de Molière où étaient stigmatisées insolemment les pulsions homosexuelles du maître de maison Orgon, grand dévot.

Je rédigeai du mieux possible notre interview. L'article devait être court. Suggérer beaucoup en peu de phrases. Le plus difficile. J'attendais avec angoisse le verdict de Claude-Marie Trémois. Elle était d'une exigence extrême et je la regardais en frémissant dessiner des croix à l'encre bleue de son stylo à plume, dans la marge de mon texte, tout au long de sa lecture. Le papier était bref mais elle semblait prendre un malin plaisir à s'interrompre, à répondre longuement au téléphone pour signifier combien mon travail avait peu d'importance et que c'était à moi d'attendre la fin de ses corrections, si tardive fût-elle. Lui importait de casser d'emblée un possible orgueil.

Histoire de patienter, j'arpentai les couloirs de l'hôtel particulier fin XIXe siècle, en haut du boulevard Malesherbes, où logeait le journal. Je descendis le grand escalier de bois, observai en silence dans les étages les journalistes face à leurs machines à écrire. Passant au premier devant le grand bureau du directeur de la rédaction, je le vis s'agiter de loin. La discussion semblait animée, suivie par quelques rédacteurs debout, qui opinaient régulièrement de la tête. Voulant flatter le patron ou sous le charme de son interlocuteur. Et je ne pus bientôt moi-même détacher les yeux de la silhouette agile et nerveuse qui paraissait bondir entre chaque repartie. Il était question de musique baroque et de l'intérêt incontestable de la jouer sur des instruments d'époque, grand sujet qui continuait de faire polémique dans le milieu musical, où certains se moquaient de ces positions archaïques et défendaient l'utilisation d'instruments modernes.

Sous des cheveux blonds crantés, le visage de l'homme qui soutenait les baroqueux était anguleux, sa bouche mince et rieuse. Sa voix électrisait l'espace, douce et tranchante à la fois.

Une vraie musique, qu'il prenait visiblement plaisir à moduler, à mettre en scène. Mais déjà je n'entendais plus rien. Je ne comprenais plus rien. Mes oreilles bourdonnaient. C'était comme dans les livres, les films, les pièces de théâtre. Mon cœur cognait à se rompre contre mes côtes. Mon souffle devenait court. J'avais du mal à respirer.

Quand je suis remontée au troisième, au bureau du service cinéma, j'acceptai sans broncher les croix dans la marge de Claude-Marie Trémois et de réécrire encore le pauvre article pourtant si court. Je ne fis aucune réflexion. Je hochais moi aussi la tête. Appartenir au journal où discourait ce sublime inconnu prenait un autre sens.

2021

Que s'était-il passé entre l'été 1978 et ce printemps 2021 ? Tant de choses. Et aujourd'hui l'impression lancinante du rien. Tant d'amour. Tant d'efforts. Tant de sacrifices. Tant de larmes. Qui ne masquent désormais que le vide. Tout est mort avec toi. M'as-tu jamais aimée ? Ou t'ai-je dans mon obstination, mon harcèlement amoureux obligé à m'aimer ? Que restait-il de cette folle histoire ? Au moins deux magnifiques fils ; que je regardais à présent autrement. En quêtant à travers eux ton image.

Quand je pense à toi, ne me revient que la maladie. Elle a détruit à petit feu le séducteur d'antan, rendu docile l'impertinent que tu avais toujours été, et chétif le sportif musclé qui faisait chaque matin sa gymnastique et arpentait Paris à vélo. Toi qui avais seul, sans moi, couru le monde pour en enregistrer les sons, ne pensais plus qu'à faire lentement le tour du pâté de maisons en t'accrochant à mon bras. Plus rien ne subsistait dans ta mémoire des jours heureux. Y avait-il eu des jours heureux ? Peut-être ces dernières années de fragilité, de tendresse comme enfantines, auront été les plus douces et belles de notre commune existence. Et je n'avais pas su assez les goûter. Et elles étaient parties avec toi.

Je regrettais ta maladie, ces moments d'intimité où je savonnais et essuyais doucement, chaque matin, ton corps maigre et voûté, où je t'aidais à te raser, puis te coiffais. Tu aimais que je te mette de la crème sur le visage. Tu disais « c'est bon » et fermais les yeux en souriant. Prendre ta douche te fatiguait, je t'emmenais ensuite t'habiller puis t'allonger. Je te mettais un CD de Bach par Glenn Gould que tu vénérais. Tu t'endormais. Il était encore très tôt.

J'allais travailler dans mon bureau, à côté de la chambre où tu dormais seul désormais. Tu préférais, depuis quelques mois. Tu disais « pour ne pas te gêner ». Je regrettais.

Couchée dans l'obscurité de notre ancienne chambre commune, les yeux ouverts, immobile sur le dos, je guette à présent le moindre signe que tu pourrais m'envoyer de là où tu es. Un son. Un souffle sur mon visage. Une image dans ma tête. Une sensation. Qui viendraient peupler mon silence et ma solitude. Tu sais que je n'ai pas peur, que je suis prête à voir surgir n'importe quoi, à entendre n'importe quel mot. Tu pourrais lentement te faufiler dans mon monde. Mais aucune ombre ne surgit, aucun son ne se fait entendre.

Je me souviens comme tu te moquais de moi, un jour où je m'inquiétais de savoir si tu m'attendrais dans l'au-delà, si tu me choisirais encore parmi toutes les autres femmes que tu avais aimées et qui sans doute se retrouveraient là, elles aussi. Tu avais répliqué que bien sûr tu ne savais pas ; que dans cet autre monde-là, tu aurais sans doute bien mieux à faire que choisir n'importe qui. Tu ne me rassurais jamais. J'aurais préféré que tu me mentes.

À gauche du lit, sur une étagère débordante de livres, j'ai déposé ta dernière paire de lunettes, celle que tu as portée jusqu'au bout. Je l'ai installée sur la boîte ronde en étain où je conserve la moitié de tes cendres ; si chèrement disputées à nos fils, qui auraient préféré que l'intégralité de leur père incinéré repose au cimetière de notre village dans le Berry. Sur la boîte grise et froide, tes lunettes reforment presque ton visage. J'y ai glissé les notes de la petite mélodie, intitulée « Fabienne », et que tu avais maladroitement griffonnées sur un bout de papier blanc pour un de mes derniers anniversaires passés à tes côtés. Je n'ai jamais osé réentendre cette phrase musicale que tu avais composée pour moi. J'ai peur qu'elle me rompe le cœur. Mais chaque soir, j'embrasse la boîte ronde en étain avant de me coucher.

1979

Depuis que je l'avais aperçu dans le bureau de Francis Mayor, comme en ombre chinoise, je n'avais cessé de rêver à l'homme mince et blond au visage en lame de couteau. Il était installé avec son équipe au rez-de-chaussée de l'immeuble qui abritait notre magazine. Il y avait créé *Le Monde de la musique*, un mensuel à la ligne éditoriale inédite, puisqu'il avait voulu y mêler toutes les musiques, du classique au jazz, du rock à la pop, sans oublier les musiques du monde. Jamais encore on n'avait imaginé pareil métissage. Une irresponsable hérésie pour les puristes. Une vitale bouffée d'oxygène pour les amoureux des sons. Lorsque je descendais par l'escalier de bois situé exactement en face de son bureau, je risquais tout pour l'entrevoir, j'espérais qu'il allait sortir de son antre, je ralentissais le pas.

Pour me faire remarquer et tenter de le faire apparaître, je me mis un matin à rire bruyamment en dévalant les marches plus vite que d'ordinaire. Il ne manqua pas de surgir dans l'entrebâillement de sa porte. « On travaille ici... Qui donc rit si fort ? C'est vous ? Mais quel drôle de rire vous avez... Je ne pourrai jamais vivre avec quelqu'un qui a un rire pareil... » Et il rentra dans son bureau dont il ferma soigneusement la porte.

Pourquoi avoir dit cela ? Dix-huit ans après, alors que nous venions de nous marier, il m'expliqua en bon lacanien qui traînait derrière lui plus de vingt ans de psychanalyse que sa phrase exprimait évidemment le contraire. Il avait eu l'intuition qu'il se passerait quelque chose entre nous, mais en repoussait l'idée, lui interdisait l'entrée. Je ne savais rien de sa vie privée. Il ne portait pas d'alliance. Naïvement, je le croyais libre ; et sans orgueil, je multipliais les travaux d'approche.

Proposer des articles à celui qui revendiquait ouverture et liberté dans son magazine musical tout neuf était une opportunité. Mais pénétrer dans le bureau collectif où il travaillait avec son équipe nécessitait de la ténacité. Sa bande de journalistes débordait de suffisance et de morgue, maniait l'ironie comme la moquerie. Les sujets que j'évoquais m'attirèrent aussitôt des moues condescendantes. Lui ne disait rien. Sentant ma situation inconfortable, il me demanda de revenir le lendemain tôt pour en discuter tous les deux.

Le lendemain matin, j'avais soigné ma tenue noire, mis de superbes et grosses boucles d'oreilles et scrupuleusement préparé mes arguments. Je les avais même écrits sur mon agenda, que je consultais les yeux baissés. Je sentais sur moi son regard froid. À peine avais-je fini qu'il me répliquait d'un ton cassant que ces idées manquaient d'originalité et ne présentaient aucun intérêt pour son mensuel. Je devais être plus audacieuse dans mes propositions, adopter des angles plus précis et singuliers et surtout réfléchir davantage avant de venir le voir une autre fois.

Je ne sais plus si j'osai lever les yeux pour affronter sa sécheresse ni quels mots j'employai pour me sauver au plus vite. J'étais mortifiée.

2021

Tu me suivais partout. Me réclamais dès que je n'étais plus à tes côtés. « Où est ma femme ? » « Quand revient ma femme ? » J'avais tant désiré t'avoir ainsi dans mes jambes, alors que tu n'étais jamais là, toujours à courir les grandes villes, les grandes institutions étrangères pour y faire des enregistrements ou y réaliser des installations sonores dans les jardins et les gares du monde entier, d'Osaka à Tallinn, de Hong Kong à Phnom Penh. Je me souviens même d'avoir rêvé qu'un accident te rende un jour handicapé. J'aurais adoré te pousser sur une chaise roulante, toute ma vie durant. Au moins tu aurais été à moi et j'aurais pu te prouver combien je t'aimais.

J'avais été exaucée. J'ai toujours jugé dangereux de désirer trop fort en pensée, de formuler, d'une certaine manière, des vœux trop précis ; ils se réalisent. Jamais pourtant je n'aurais imaginé que l'être si brillant que j'adorais, cet esprit libre aux idées constamment paradoxales, puisse finir sans souvenirs et bientôt sans phrases et presque sans mots. Ou toujours les mêmes, répétés à satiété dans un pauvre et timide sourire, si inquiet de dire des bêtises.

Jamais je n'aurais soupçonné que cette intelligence éclatante puisse s'éteindre doucement, se contenter de chanter d'une voix enjouée les vieux airs d'opéra-comique que fredonnait son père quand il était enfant ; et rire à contretemps, souvent, pour faire croire qu'il participait à la conversation, la comprenait, y mettait sa touche d'humour et d'ironie.

La malédiction maternelle s'était-elle réalisée ? Scandalisée de découvrir que sa fille aimait un homme lié à une autre, ma mère m'avait souhaité à voix haute, lors d'une dispute, tous les malheurs possibles. Mon attitude était honteuse. Faire du mal à une femme innocente, scandaleux. Je serais un jour punie. Elle me maudissait. Devant le lit vide, un grand charivari se faisait dans ma tête. De quoi donc avais-je été si coupable ?

1979

Je modulais mes venues au journal en fonction des chances de l'y apercevoir. Et j'organisais chaque soir mes sorties aux spectacles, aux concerts, aux projections de presse, aux vernissages, aux festivals, en rêvant l'y rencontrer. Il sortait beaucoup, était invité partout, se tenait au courant de tout. En me renseignant le plus discrètement possible, j'avais compris l'admiration que lui portait pour son indépendance comme ses coups d'éclat ce milieu culturel où je pénétrais peu à peu. Après avoir révolutionné à Radio France, de 1975 à 1977, la chaîne France Musique et l'avoir quittée dès qu'il y sentit menacée sa volonté d'y penser et de diffuser une programmation musicale hybride et métissée, il avait par exemple imaginé par défi Radio Classique, l'antithèse pure et dure de l'éclectique et journalistique France Musique qu'il avait voulu mettre en place. Dans un portrait de lui qu'il avait écrit deux ans auparavant, j'avais découvert que Francis Mayor, notre directeur de la rédaction, n'avait pas hésité à comparer son audace à celle de Bonaparte au pont d'Arcole. Ni plus ni moins. Je n'étais pas la seule à m'enfiévrer.

Car je ne désespérais pas de l'approcher encore. Tout en sentant que j'étais pour lui transparente et sans réalité. Un matin, sachant qu'aucun des journalistes de son équipe n'était arrivé, qu'il était seul, j'entrai dans son bureau, me plantai face à lui et déclarai d'une voix enjouée et gracieuse : « Puisque vous refusez cruellement les articles que je vous propose, faites-vous au moins pardonner en m'invitant à déjeuner ! »

Il leva la tête de ses papiers, me dévisagea un long moment, un sourire énigmatique aux lèvres. Et après un temps où je pensais mourir de honte : « Pourquoi pas ? Vous êtes libre aujourd'hui ? Mon rendez-vous vient de se décommander. » Évidemment j'étais libre. Je lui proposai avec précipitation de passer le chercher vers 13 heures. Mon visage devait être rouge sang.

À 12 h 55, je descendis l'escalier pour le rejoindre d'une démarche que je voulais aérienne et apaisée. Il enfilait précipitamment sa veste et partait avec une jeune femme qui riait à ses côtés. « Excusez-moi ! Un contretemps. Je n'ai pas pu vous prévenir car je ne connaissais pas votre numéro de poste. Une autre fois ? »

2021

Tu étais si doux. Si fragile. Tu te déplaçais sans bruit dans le grand appartement calme. Tu semblais glisser sur le sol. Toutes les pièces t'étaient voyage. Tu n'y reconnaissais rien, ne savais plus t'y diriger. Tu ignorais où étaient passées ta chambre, la salle de bains, la cuisine; où conduisait l'escalier. Alors tu errais sans oser demander, sans oser avouer ta honte. À peine un espace quitté, tu l'avais oublié.

Tu te promenais dans notre demeure en visiteur. Tu t'arrêtais pour regarder les objets, les jauger. Parfois tu les prenais dans ta main, les caressais, les portais à ton oreille pour les écouter. Tu les remettais rarement à leur place, tu les rangeais où tu pouvais et ne savais ensuite jamais où.

Tu aimais aussi beaucoup les bricoler. Avec des trombones que tu désarticulais, des élastiques ou des ficelles que tu dénichais au hasard des tiroirs de ton bureau, tu composais des sculptures à ta façon. Puis tu cherchais à les suspendre à une étagère, à un lampadaire ou aux fenêtres, en y plantant pour ça des clous. Tu redessinais ton espace. D'abord, j'avais voulu détruire ces mobiles improbables, enfantins, ces pauvres arrangements avec la matière. Ils m'emplissaient de peine. Tu avais été un compositeur si inventif, un designer sonore si plein d'adresse. Mais ces bidouillages t'amusaient, occupaient les longues journées où tu devais tellement t'ennuyer. Tu y mettais une telle application. C'étaient tes dernières œuvres, composées en silence et en douce, avec le délicieux sentiment peut-être de commettre quelque bêtise.

Quand tu avais consciencieusement achevé tes petits ouvrages, tu venais me voir dans mon bureau, la porte en face de la tienne, où j'écrivais ou relisais les articles des journalistes de *Télérama* sur mon ordinateur. Nous étions en plein confinement, je devais travailler à la maison. Marilou et Zélia ne pouvaient plus venir s'occuper de toi. Heureusement, Luc, notre fils, m'aidait avec une infinie patience. Contre toute attente, nous vécûmes d'étranges et intenses moments de sérénité et de paix. J'étais avec toi comme jamais. Malgré les difficultés, tes impatiences, je te savourais.

« Qu'est-ce qu'on fait maintenant, ma chérie ? » demandais-tu timidement en apparaissant tous les quarts d'heure dans l'encadrement de la porte. Je te proposais d'écouter de la musique, de lire ou de jouer du piano, avant d'aller faire – « très bientôt, ne t'inquiète pas » – une petite promenade. « Si tu veux, ma chérie », répondais-tu avec gentillesse en retournant docilement d'où tu venais. Je me levais, allais mettre un CD sur ta chaîne. Du jazz ou du classique. Toi qui avais tant défendu la musique contemporaine ne la supportais plus en disque : « Elle n'est bonne qu'en concert, tu sais », m'affirmais-tu. « Merci, ma chérie. Ça, c'est beau, c'est très beau. Merci… » Et tu savourais. Bach, Chopin, Beethoven, Mozart. Sage comme une image.

Plus la maladie s'incrustait, moins tu écoutais longtemps. Tu t'énervais. Tu arrêtais la chaîne en enlevant violemment la prise. Tu ne savais plus comment faire autrement, tu avais vainement tourné les boutons en tous sens. Enfin, tu réapparaissais dans l'encadrement de ma porte. « Ah, mais c'est toi, ma chérie… Tu es donc là… Mais quelle bonne surprise ! Tu travailles ? Je ne te dérange pas, au moins ? Tu es sûre, ma chérie ? Qu'est-ce qu'on fait maintenant ? »

Je t'incitais cette fois à lire. Je t'accompagnais jusqu'à ton fauteuil et te tendais un volume de Georges Simenon ou d'Alexandre Dumas que le grand lecteur de Hölderlin, Musil, Mallarmé ou Claudel que tu étais préférait désormais. Je ne te demandais plus ensuite ce que tu avais lu. Tu ne t'en souvenais pas et t'énervais de ne savoir rien me raconter. De toute façon, tu reprenais toujours le livre à la première page et le recommençais sans t'en rendre compte : ce que tu avais lu quelques heures auparavant s'était déjà enfui.

Au début de la maladie, quand je ne comprenais pas encore combien la mémoire immédiate était la première touchée ni ce qu'était au juste la mémoire immédiate, je n'avais pu m'empêcher de te faire remarquer que tu relisais toujours le même chapitre. Tu répliquais en riant avec morgue : « Mais je m'en fiche ! Mais c'est merveilleux ! Tu vois, le miracle de ma maladie, c'est que grâce à elle je redécouvre tout constamment. Et c'est magnifique, ça n'a pas de prix ! »

Tu savais que tu étais atteint de la maladie d'Alzheimer, même si le diagnostic fut long à établir. Malgré ma présence, malgré mes descriptions de tes symptômes, tu avais si bien donné le change à ton premier neurologue qu'il répugna de longs mois à te prescrire les examens nécessaires. Devant tes dénégations, il pensait que l'épouse dramatisait. C'était toi qu'il croyait. Quand tomba enfin le verdict, tu l'annonças crânement à tes proches, tant tu étais persuadé que tu serais le premier à endiguer cette dégénérescence programmée. Il n'y avait pas à s'inquiéter. Tu avais déjà vaincu tant de choses, imaginé tant de choses.

J'avais été la première à m'apercevoir de tes absences et de tes vides. Tu ne comprenais plus certains films, certaines pièces que nous voyions ensemble. Tu ne faisais plus le lien entre les séquences ou les scènes. Parce que tu n'avais pas enregistré la séquence ou la scène précédente. Mais tu faisais admirablement semblant : tu te raccrochais avec brio à une image, une phrase... Nos proches me regardaient d'un œil suspicieux. Comment osais-je croire atteint d'Alzheimer un homme si drôle et si fin ? Et nos fils me répétaient que tu n'avais rien, que je divaguais, que j'exagérais tout. Selon eux, l'austère directrice de la rédaction de *Télérama* que j'étais devenue au fil des ans avait fini par devenir à la maison trop impatiente et trop dure.

J'appris dans un taxi le résultat de l'ultime examen de ta moelle épinière. Le seul qui vaille pour Alzheimer. Je sortais d'une interview avec le metteur en scène américain Bob Wilson, à qui le Festival d'Automne rendait un énième hommage. Il avait été aussi méprisant, aussi peu disert qu'à l'accoutumée quand il s'était agi de lui faire expliquer encore une fois son travail pour le commun de nos lecteurs. D'essayer de partager et transmettre son art de composer des images hypnotiques, de se jouer de la durée et de réinventer pour ses acteurs codes et rituels d'un autre monde; celui du théâtre nô, peut-être. Bob Wilson savait éterniser l'instant, tuer le temps et avait révolutionné le théâtre dès les années 1970. Mais soudain je me foutais complètement que la star internationale qu'il était ait autant rechigné à commenter son œuvre. Comme à chaque interview où éclataient sa misogynie et sa fatuité. Lors de nos entretiens, il ne me regardait d'ordinaire jamais, restait de profil. Je n'avais plus le cœur à m'en exaspérer ou à en rire. Mon monde s'effondrait. Je ne voyais plus clair. Tout sombrait. Comment mon pauvre amour allait-il vivre sa maladie, supporter sa maladie ?

1980

« Hier, le flipper se contentait de cligner ses yeux luisants. Il est temps de le faire sortir des coins obscurs du bistrot, où il côtoie imprudemment le téléscripteur du P.M.U. », écrivait-il en juin 1980 dans le programme des Rencontres de La Rochelle pour annoncer le *Concerto Grosso* de son Flip Chamber Orchestra. « Il est temps de lui donner sa place dans le monde des arts. Le flipper est un instrument comme le violon, comme le piano. » Quel fou il était alors, quel fou il est toujours resté. Iconoclaste et incendié d'idées, d'envies, de désirs. Après être sorti du Conservatoire national de musique trop tardivement pour faire carrière – un chagrin fou… –, après s'être reconverti en critique de théâtre et de musique au journal *Le Monde*, après avoir explosé les frontières de France Musique et fondé *Le Monde de la musique*, il osait enfin revenir à ses premières amours et ce qui l'avait toujours obsédé : la composition musicale. Mais par le biais de flippers. Bien sûr, sans oser lui en parler ni rien lui demander, j'avais voulu assister à ce concert, devenu l'événement d'une programmation plus classiquement contemporaine, où s'écoutaient religieusement cet été-là Franco Donatoni, Brian Ferneyhough, Marc Monnet, Paul Méfano, Georges Aperghis et tant d'autres. Tel son ami Knud Viktor, un immense Danois amoureux de la nature et toujours en short, qui s'était depuis treize ans installé ascétiquement en Provence, sur des terres isolées où il enregistrait à longueur de journée les cigales qui doucement se métamorphosent, les lapins qui rêvent, les vents qui caressent le paysage. Il lui avait consacré de longs articles dans *Le Monde de la musique*, lui vouait une admiration sans bornes et lui offrit jusqu'au bout de quoi survivre et continuer de composer son intrigante et fascinante musique.

Aux derniers jours de juin 1980, j'étais arrivée seule en fin d'après-midi dans l'opulente gare blanche de La Rochelle, dont l'architecture fleurait bourgeoisement ces années 1920 confiantes dans le progrès.

Dès la sortie du train, je m'étais sentie intimidée. J'ai marché jusqu'au centre, c'était le début de l'été, le temps était lourd, j'allais avoir vingt-cinq ans. Dans un gros sac, j'avais fourré de quoi passer une unique nuit. Je craignais de rester davantage, de croiser sa compagne, peut-être. Je me demandais ce que je faisais là, après tout. J'étais malvenue et mal à l'aise. Soudain j'avais peur de le rencontrer, lui qui ne m'avait pas invitée. Ce festival n'était pas pour moi. Je n'appartenais pas à son monde.

Ma chambre d'hôtel était modeste, étroite. Je n'y tenais pas en place. J'en sortis aussitôt. Je le savais là, dans cette ville où les journalistes, les professionnels ne parlaient que de lui et où *Le Monde de la musique* était partenaire d'étonnants « états généraux du bruit ». Une de ses trouvailles. C'était l'époque lointaine où l'on inventait encore collectivement et joyeusement. Où l'on défendait avec ardeur la démocratisation culturelle.

Pour cette grande manifestation publique et insolemment politique, il s'était inspiré des méthodes du compositeur et théoricien Murray Schafer, le maître qu'il citait toujours et qu'il avait été le premier à faire traduire en 1977. Dans son ouvrage phare, *Le Paysage sonore. Le monde comme musique*, le Canadien faisait entrer ses lecteurs dans la réalité sonore de nos sociétés autant en musicien qu'en historien et en sociologue. Il voulait privilégier le beau et lutter intelligemment contre le laid. Un vrai pionnier de l'écologie sonore.

Si Murray Schafer travaillait avec ses étudiants à mieux entendre et enregistrer le monde, lui avait eu envie que le public de La Rochelle puisse réfléchir avec des musiciens, des architectes, des urbanistes, des poètes et des sociologues à ce que pourrait être le « paysage sonore » de leur ville. C'était une passionnante et révolutionnaire entreprise d'inciter ainsi une population à mieux écouter les sons de son quotidien, à mieux les penser, à mieux vivre avec, à n'être plus sourde, enfin. Car lui disait toujours, et le dirait jusqu'à sa mort, que nous étions tous devenus sourds.

Avec l'aide de leurs enseignants, il avait encore incité les élèves de huit classes à faire entendre, à la Maison des jeunes, ce qu'ils avaient enregistré au marché, dans un parc, au centre commercial et autour de l'école. Des comités d'entreprise avaient travaillé sur les chantiers navals de La Pallice ou à l'usine Alstom. Toute la cité de La Rochelle se mettait à tendre l'oreille, à redécouvrir gaiement ce sens trop négligé qu'est l'ouïe. Louis. Lui.

À la nuit tombante, sans l'avoir croisé nulle part lors de mes déambulations, je marchai jusqu'au restaurant désaffecté où il avait installé son *Concerto Grosso pour flippers* : en plein vent, bien au-delà de la tour de la Lanterne et au bord de l'océan. Le soixante-huitard qu'il était resté avait toujours à cœur de surprendre, de susciter rêve et fête. C'était la grande époque des représentations théâtrales et musicales dans d'étranges lieux, selon d'autres rites et en faisant participer le public. Dès 1970, l'Italien Luca Ronconi avait installé son dément *Orlando furioso* sous le pavillon Baltard des défuntes Halles parisiennes ; au Théâtre national de Strasbourg, André Engel entraînait ses spectateurs dans des hôtels ou sur des collines. Le spectacle vivant commençait à se vouloir expérience sensorielle.

Dans la salle du restaurant, quand débuta la fiesta, onze créatures en costumes psychédéliques s'emparèrent chacune en hurlant d'un flipper. Il avait recruté des loulous du coin. L'un d'eux chantait, plutôt bien. Ils ressemblaient aux personnages qui clignotent d'ordinaire sous les vitres de ces ronflantes machines. Mais en plus effrayants et sous des lumières expressionnistes. Tout en glaces, le plafond reflétait leur gestuelle déglinguée tandis que résonnaient leurs voix stridentes, hymne compulsif au contemporain et aux bruits d'aujourd'hui. Trois quarts d'heure durant, cette bande-son explosive composée avec un complice de l'époque, Denis Fortier, devint aussi terrifiante et burlesque que certains romans de Stephen King. Et les acteurs-crieurs torturaient frénétiquement leurs flippers.

Je le repérai bientôt dans un coin de la salle, déchaîné lui aussi. À l'unisson des spectateurs face à cette « nuit électrique claquant sous les coups de mille fouets au frôlement des billes de métal, ânonnant ses mélodies synthétiques ou explosant comme des grenades pour un bonus maxi », tel qu'il la décrivait déjà dans le programme du festival. Il avait réussi son pari.

Quand fut achevée la performance, quand il vint saluer en riant sous un tonnerre d'applaudissements, je n'osai pas même croiser son regard. J'étais stupéfaite qu'il ait tenté si délirant concert, pareille folie. Je me sentais si sérieuse, si solitaire, si étrangère.

J'ai attendu longtemps devant les coulisses, où je l'apercevais de loin un verre à la main, encore en nage, joyeux, entouré de tant d'amis, de professionnels, de journalistes. Il souriait, il s'agitait, il plaisantait fort avec des jeunes femmes admiratives qu'il serrait brièvement et fougueusement dans ses bras. Je suis entrée. Il n'a pas semblé surpris de me voir. Il était un peu ivre. Je l'ai félicité gauchement, je lui ai proposé de boire un café le lendemain matin au centre de la ville, avant que je prenne mon train. Il a immédiatement accepté. Mais ne m'a pas proposé de rester. Il est parti parler à d'autres. Je me suis sauvée dans la nuit.

Je l'ai attendu le plus longtemps possible le lendemain matin sur la grande place. Il n'est pas venu. La nuit avait dû être longue après son triomphe. J'ai marché dans le sens inverse de la veille sous le soleil. J'ai repris mon train.

2021

Tu gravissais de plus en plus lentement l'escalier. Tu t'accrochais à la rampe de cuivre à deux mains, plié en deux par l'effort, respirant fort. Tu t'étais tant moqué de moi, pourtant, quand j'insistais pour qu'on installe cette rampe pour nos vieux jours. Tu ne t'imaginais pas vieillir.

Arrivé à l'étage, tu redécouvrais avec une surprise toujours enchantée ton piano noir à queue et te faufilais entre les meubles pour t'y asseoir. Quand tu pouvais encore déchiffrer les piles de partitions entassées dans la haute armoire d'acajou toute proche, tu jouais ce que tu y trouvais. Mozart, Bach, Schumann, Schubert. Des transcriptions de symphonies de Beethoven. Et puis, en te glissant un morceau que j'avais envie d'entendre, j'ai compris un jour que tu ne savais plus lire les notes. Tu jouais autre chose. Tu improvisais, mais toujours en regardant fièrement, fixement les portées.

Bientôt, après quelques pages du *Clavier bien tempéré* de Bach, gravées dans ta mémoire et que tu n'oublias jamais, tu n'interprétas plus chaque jour que la même mélodie mélancolique et triste. Ta complainte. Tu l'avais composée au début de ta maladie et elle ne te quittait plus, faisait désormais partie de toi. J'avais l'âme renversée quand tu l'égrenais pour moi à mon retour, lorsque je montais l'escalier.

Assis sur ton siège, au piano, tu murmurais dans un sourire que tu voulais saluer mon arrivée. Tu m'avais tant attendue. C'était si étrange de t'entendre prononcer ces mots-là. « Bienvenue, ma chérie, bienvenue dans ta maison près de ton homme qui t'aime, qui t'espère depuis si longtemps... » Tes phrases me bouleversaient, elles me suffoquaient chaque soir, elles me faisaient presque peur. Je n'en revenais toujours pas de t'entendre les dire. Malgré nos vingt années à deux, malgré notre mariage et nos deux fils.

Debout devant le piano, Zélia attendait mon retour pour disparaître. Belle et plantureuse géante brune, elle veillait sur toi de l'après-midi au soir, quand l'active et nerveuse Maria t'assistait dès le matin. « C'est bien, monsieur, c'est beau, c'est si beau. Vous jouez si bien. C'est magnifique... » Ta délicatesse, ta constante politesse, ton courage, ta dignité forçaient le respect, et toutes deux t'ont respecté jusqu'au bout avec une incroyable gentillesse. Zélia te réclamait ma sérénade à peine perçus mes bruits de clés dans la serrure. Elle désirait me faire plaisir. Elle savait combien c'était dur. Et elle avait joliment choisi ta mélodie comme signal de son départ. Elle t'avait fait dîner, elle pouvait se sauver.

Les derniers mois, je n'avais plus la force en effet de te préparer ce premier dîner, soirée après soirée. Tu ne mangeais quasiment rien, et si lentement. Aussitôt la table desservie, tu réclamerais de toute façon un autre repas. Tu ne te souvenais jamais d'avoir mangé. Il fallait recommencer. Parfois deux, trois fois. Dès que je picorais ensuite quelque chose à tes côtés sur le canapé, devant cette télé que tu ne comprenais plus, tu me regardais tristement et te plaignais tout bas que je t'avais injustement oublié alors que tu mourais de faim.

Je m'étonne de la patience que j'ai eue, moi qui n'ai aucune patience, moi qui ne supporte pas que les choses ne soient pas faites ou dites tout de suite. Ma plus grande faiblesse... Moi qui, au fil de ces jours, de ces semaines, de ces mois, de ces années, aurais dû hurler d'exaspération ou suffoquer d'énervement ou de désespoir. Mais des spécialistes de ta maladie m'avaient appris que ça ne servirait à rien d'autre que t'humilier et te rendre plus malheureux encore. Et tu t'excusais sans cesse avec tant de douceur des peines que tu me donnais. Tu redoutais de me fatiguer, tu me trouvais si pâle et avec une si mauvaise mine.

De nombreuses fois, j'avais entendu parler de la violence de certaines victimes d'Alzheimer. C'était le contraire avec toi ; la maladie avait frappé une autre zone de ton cerveau ; tu redevenais l'enfant que tu avais dû être. Jamais tu n'avais été aussi attentionné, attentif que ces dernières années. Jamais tu ne m'avais autant aimée.

1980

À la rentrée de septembre, après les festivals de l'été, d'Aix-en-Provence à Avignon, où je l'avais aperçu douloureusement de loin, sans me manifester, sans même oser observer avec qui il était, je n'évoquais pas notre rendez-vous manqué de La Rochelle. Lui non plus. Il ne s'en souvenait sans doute plus. Avec endurance et obstination, j'étais parvenue je ne sais comment à ce que nous déjeunions désormais presque chaque mois dans un restaurant italien proche de nos bureaux. J'avais instauré ce quasi-rituel à force d'enjouement et de gaieté théâtrale et littéraire. Mes tenues noires, aussi excentriques que sévères, l'amusaient. Je l'informais aussi avec humour de ce que je connaissais du monde du spectacle ; et je l'écoutais passionnément se raconter. Qui aurait résisté à tant d'admiration ?

Quand il décommandait *in extremis* un déjeuner à cause d'un « contretemps », son horrible formule fétiche, je ne m'offusquais même plus. Je savais que je n'existerais pour lui qu'en étant capable de m'effacer, qu'en surmontant tout orgueil. « Vous êtes libre de me poser des questions, je suis libre de ne pas vous répondre », répétait-il souvent.

Entre penne quatre fromages pour moi et carpaccio pour lui, je l'interrogeais respectueusement sur son parcours. Ce qu'il avait fait déjà, et allait faire encore ; sur la musique, aussi. Et contemporaine surtout, à laquelle il m'initiait avec un vrai talent de pédagogue. Varèse, Boulez, Stockhausen, Messiaen, Grisey, Berio et sa femme, la cantatrice Cathy Berberian qu'il adorait... Ses propres prix de composition au Conservatoire de Paris lui permettaient de connaître et défendre leurs musiques de l'intérieur, d'en parler en artisan. C'était un passeur. De sa voix rapide, cristalline et chantante, il m'éclairait sur ce que ces musiciens-là devaient à la seconde école de Vienne, Schönberg, Berg et ce Webern qu'il appréciait particulièrement. J'aimais qu'il me fasse découvrir ses mondes. Je ne lui dissimulais pas combien j'étais impressionnée par son savoir et tentais de lui poser les questions les plus pertinentes possible. Parfois, je préparais même nos déjeuners, les sujets que nous pourrions aborder et comment espérer y briller.

Peu à peu il dut prendre goût à sentir qu'il plaisait si fort à une jeune journaliste plutôt piquante, drôle et un peu folle. De professionnels et pédagogiques, nos déjeuners se firent plus intimes. Même s'il se confiait peu. Mais en passionnée d'interviews, je ne manquais pas d'y aborder progressivement les questions plus privées. Comment l'esthète curieux de tout qu'il était se débrouillait-il, par exemple, pour courir les festivals de musique, rencontrer les artistes, assister à de nombreux colloques sur le son et sa sociologie, l'urbanisme, l'architecture même ? Tant de travail, de voyages étaient-ils compatibles avec une vie personnelle réussie ? Bientôt, il tomba dans le piège. Peut-être avait-il envie de tomber dans le piège.

Non, sa vie personnelle n'était pas vraiment réussie, m'avoua-t-il un jour dans un sourire triste. Il avait en lui depuis toujours un si grand désir d'enfant, seulement il vivait avec une femme qui en avait deux déjà et ne voulait ni ne pouvait plus en avoir. Il avait pensé plusieurs fois la quitter pour cette raison, murmurait-il, pour ce manque d'enfant qui le minait, lui, le petit dernier d'une fratrie de sept. Mais sa compagne était tombée gravement malade et il n'était plus question pour lui de l'abandonner ni d'imaginer avoir ces enfants-là. L'étau se refermait et il n'était pas heureux, c'est vrai. Mais il aimait sa compagne. Il ne la quitterait jamais. Sa voix chantante était devenue blanche. Une voix de fatalité antique, de tragédie grecque.

2021

Je quête ta présence dans l'appartement vide. J'attends un son. Tu aimais tant les sons. Jusqu'à tes derniers repas, tu faisais tinter ton verre avec ton couteau, ton assiette avec ta fourchette et tu t'émerveillais d'entendre l'eau jaillir de la carafe. Comme d'entendre au-dehors, de l'autre côté de la vitre, roucouler un pigeon. Tu avais l'oreille absolue, même si l'expression te faisait rire. Cette oreille-là nous exaspérait souvent, les garçons et moi. Depuis tant d'années, il nous fallait être attentifs à la voix des choses, comme tu disais, écouter le moindre bruit lorsque nous nous promenions, être aux aguets de la musique du monde. Je regrette tant désormais ces instants enfuis et nos agacements d'antan.

Je suis face au lit dans lequel tu es mort devant tes fils. Quand Luc m'avait appelée à 16 heures sur mon portable ce vendredi-là, me soufflant – comme s'il redoutait que tu puisses l'entendre – que tu allais très mal, que tu étais peut-être déjà mort, qu'il ne savait pas, avec son frère Paul, si tu respirais encore, je m'étais presque moquée d'eux, de leur peur. Il était impossible que tu meures aujourd'hui. Même si j'avais dû te faire hospitaliser à domicile depuis quelques jours, même si tu ne mangeais plus, ne buvais plus et dormais constamment, recroquevillé sur le côté tel un fœtus, ainsi que le font, dit-on, les agonisants.

Les médecins m'avaient confirmé que tu t'éteignais doucement. Mais je pensais que tu résisterais des semaines, des mois peut-être. Tu étais si fort. J'avais besoin de toi. Même devenu cette ombre, cette absence. Tu étais là. Tu ne me quittais pas.

Au téléphone, je suggérai à Paul et Luc de placer un miroir entre tes lèvres, pour voir s'il s'en dégageait de la buée. Comme je l'avais fait moi-même, il y a bien longtemps, pour ma grand-mère. Je ne pouvais pas croire en cette fin annoncée à mi-voix au téléphone. Pas maintenant. Tu étais si calme dans ton lit, ce matin-là. Tu me souriais. J'en oubliais les pressentiments de Luc, la veille au soir, me chuchotant en m'embrassant que tu allais mourir bientôt. Pourquoi m'avait-il dit cela ? Bien sûr que tu allais mourir. Mais pas tout de suite.

Je commandai un taxi, rassemblai mes affaires à la hâte et partis en murmurant juste à mes deux plus proches collaborateurs que je devais rentrer, que nos fils m'avaient prévenue que ton état empirait, mais qu'ils s'étaient sûrement trompés. Et je me moquais encore de leurs angoisses.

Durant le trajet, Luc m'avertit au téléphone que c'était fini. Je ne le croyais pas. Je raccrochai. À mon arrivée, il m'ouvrit la porte sans un mot, les yeux baissés. Je me précipitai dans la chambre. Tu étais tourné contre le mur, la bouche ouverte. Je déplaçai le lit médicalisé à roulettes pour me placer face à toi, mieux te voir. Tu étais donc mort. Les traits crispés, comme si tu avais lutté, les yeux entrouverts, le teint déjà cireux. J'ai pris ta main. Elle était encore chaude. Le temps était suspendu dans la pièce, l'air épais, le silence suffocant. Paul et Luc m'observaient avec crainte et tendresse, sans parler. Je ne les voyais plus, je ne voyais que toi, sur le lit, couché sur le côté. J'aurais voulu que tout s'arrête. Et mourir avec toi. Être emportée avec toi. Disparaître avec toi. M'évanouir.

Tu restais magnifique dans ta maigreur et dans ton pull de cachemire jaune pâle. Devant nos fils, je n'osais pas te prendre violemment dans mes bras une dernière fois ; je redoutais de les choquer par des excès qu'ils auraient jugés morbides ou théâtraux. Ou bien peut-être ai-je eu peur, aussi, de ce corps abandonné où tu n'étais plus. J'ai juste crié « mon pauvre amour, mon seul amour », je t'ai embrassé sur le front et sur la joue ; ils étaient rêches et secs, déjà tièdes.

La mort t'avait rendu on ne sait quelle fierté, hauteur, arrogance souveraine. L'enfant que tu étais redevenu durant ta maladie laissait place maintenant à l'adulte face à son destin. Alzheimer avait disparu. Le mari malade, impuissant et doux était redevenu lui-même. Celui que j'avais admiré, désiré, celui qui m'avait fait jouir et déborder de plaisir. Passer de l'autre côté de la vie, la tête face au mur, pour traverser tous les murs, t'avait enfin libéré. Je retrouvais l'amant vénéré à travers le cadavre encore souple, les mains qu'on pouvait encore serrer et caresser, le corps décharné mais svelte qu'on devinait sous les draps, aussi saisissant que celui d'un Christ en croix. Dans la stupeur de l'instant arrêté, dans l'absolue immobilité, ton visage avait retrouvé son élégance lointaine. Et il fuyait une fois de plus. Mais pour l'éternité.

1980

À quoi ressemblait la femme qu'il aimait ? Je savais qu'elle était une éditrice de talent, adorée des romanciers étrangers et français qu'elle publiait avec intelligence et finesse. Je savais que le couple les recevait régulièrement dans l'hôtel particulier néo-gothique en face du jardin du Luxembourg qu'il avait déniché pour eux, et que leurs soirées brillantes et chaleureuses étaient prisées, leurs amis nombreux, leur vie mondaine. Je savais encore qu'il l'aidait à relire les épreuves de ses livres, lui proposait des auteurs pour la collection sur la musique et les musiciens qu'elle avait créée avec succès – à l'époque la culture était encore reine dans l'édition –, je savais qu'il l'admirait.

J'étais alors une simple amoureuse transie, curieuse de tout ce qui concernait sa passion. Lorsqu'un magazine féminin me proposa un article sur l'épopée des Ballets russes au début du XXe siècle, sa compagne venait de publier un livre sur Diaghilev, mentor de l'illustre troupe de danseurs. Il fallait saisir l'occasion. Je pris rendez-vous pour une interview.

Je ne me souviens de presque rien. J'avais trop le trac de rencontrer la compagne avec qui il vivait, qu'il aimait. Je redoutais qu'elle juge mes questions sottes et insipides et le lui dise. Même si elle ne pouvait se douter de quoi que ce soit ni faire des liens qui n'existaient pas. Pourquoi lui aurait-elle raconté une rencontre parmi d'autres avec une journaliste inconnue parmi d'autres ? Je ne risquais rien.

Elle portait un chemisier blanc vaporeux. Je la voyais à contre-jour, assise à un large bureau. Elle semblait grande, bien charpentée. Elle était brune, les cheveux épais, coupés au carré. Son visage aux pommettes saillantes, aux mâchoires fortes, était beau, un peu lourd ; ses yeux profonds et sombres, presque durs. Elle paraissait plus âgée que lui. Plus autoritaire que lui. Elle était les deux.

Elle répondit avec aisance à mes questions, et sans le moindre doute. Elle avait confiance en ses propos. L'entretien fut court. Elle ne me raccompagna pas à la porte.

Ainsi c'était elle. Cette femme racée, visiblement issue de la grande bourgeoisie dont elle possédait l'assurance dans la voix, le maintien, le port de tête. Il me fallut très vite l'oublier pour ne pas perdre courage. J'y parvins presque aussitôt, rayant ses traits de ma mémoire, ne me rappelant qu'un contre-jour.

Son visage ne me revint que lorsque je trouvai, des années après notre mariage, ces nombreuses photos d'elle qu'il avait rangées dans une enveloppe sur une étagère proche.

Après l'entretien, je ne parvenais pas à comprendre comment l'homme que j'aimais et devinais fragile pouvait être épris de cette femme apparemment si pleine de certitudes, celles de sa classe sociale, celles de son milieu littéraire éclairé. Justement à cause de ces certitudes, peut-être, qui le fortifiaient. Je n'avais, je n'ai, aucune certitude. Que celle de mon endurance.

Je l'avais vue... Je l'avais vue et je m'interdisais désormais de déranger leur existence. Leur monde n'était décidément pas le mien. Tenter de m'y imposer était vain et ne me rapprocherait pas de lui. Au contraire. Il me faudrait l'aimer en silence. Malgré lui. Pour lui. Cet amour me grandirait, nous grandirait et peut-être enfin en mesurerait-il le prix. L'aimer ne regardait que moi et je me fichais de ce qu'on pourrait penser de ma folie. Car je n'avais plus aucun espoir. Rien d'autre que la passion d'aimer.

2021

« Tu es contente, maintenant ? Tu es fière de toi ? Mais tu es dingue de me faire subir ça ! Dingue ! Et pourquoi ? Que t'ai-je fait, bon sang ? » Sous la douche, que tu trouvais toujours trop froide, squelettique comme tu étais devenu, tu te plaignais avec des mots que tu n'utilisais jamais auparavant. Une violence inhabituelle. C'est vrai que je n'étais peut-être pas obligée de te laver quotidiennement. Tu sortais à peine, te salissais peu, te lavais les mains dès que tu le pouvais et comme on te l'avait appris depuis l'enfance. Car ces gestes-là étaient restés imprimés dans ton cerveau. Faire ton lit chaque matin au carré, plier tes vêtements et te laver les dents au coucher, en petit dernier bien dressé.

Pourquoi exiger de toi que tu te mettes nu sous cette douche ? Ton corps était si blanc, si tendre avec ses nombreux grains de beauté. Tu claquais parfois des dents et pénétrais en gémissant dans la cabine en verre. Mais j'étais persuadée que l'eau te calmait, que tu te reposerais mieux ensuite, avec la sensation du propre et d'une fraîcheur apaisante sur toi. C'était bien que tu conserves aussi ta dignité d'homme soigné, sentant bon. Et puis j'aimais te toucher, retrouver en te savonnant le grain de ta peau, la caresser comme autrefois, quand nous faisions encore l'amour.

Si longtemps que nous ne nous étions pas étreints. J'en avais le cœur serré devant ta silhouette toujours désirable dans sa fragilité. Devant tes os longs et solides, ta carrure toujours développée et tes hanches étroites, tes fesses à présent plates. J'avais tant convoité ton corps. Il m'avait offert tant d'éblouissements. Tu m'aimantais. M'électrisais. Au point de craindre de me fondre, de me diluer dans l'espace et le temps, de me dissoudre dans l'absolue jouissance où tu m'entraînais. Avec nul autre je n'avais éprouvé la chaleur et l'ardeur que suscitait un simple frôlement de tes mains sur mes seins, sur mon ventre, mes cuisses ou mon sexe. Te regarder nu me rappelait ces embrasements. Comme nul autre, tu m'avais éveillée à une sexualité luxuriante. Des décennies durant, je n'avais pensé qu'à faire l'amour dès que je t'apercevais.

Tu m'avais confié n'avoir éprouvé pareille révélation physique qu'avec moi, toi aussi. Parfois, pendant l'amour, tu pleurais de joie. Comme si nos deux corps étaient, de toute éternité, destinés l'un à l'autre. Comme si nous nous étions enfin trouvés. Je t'avais cru.

1982

Si amicaux et intimes fussent-ils devenus au fil des mois, des ans, grâce à mon écoute éperdue, ma délicatesse délicieuse, nos déjeuners ne me suffisaient plus. J'étais épuisée de l'aimer. Sa pensée ne me quittait pas, ni son visage, ni sa voix. Les nombreux amants de passage – comme on les pratiquait gaillardement dans ces sexuelles années-là – n'y faisaient rien, pas plus que les aventures amoureuses plus soutenues. Jour et nuit, il m'emplissait le corps et l'esprit. Face à lui, la quarantaine conquérante, flamboyante, les garçons de ma génération, même les plus brillants, que je côtoyais au journal ou tout au long de mes interviews, étaient si fades et mous. Et tellement narcissiques. On allait entrer dans l'ère triomphale de l'autofiction générale.

À chaque rendez-vous, je m'émerveillais au contraire de la générosité de son engagement artistique encore nourri d'utopie politique, de foi socialiste. Il déconstruisait avec science idées convenues et préjugés. Il était corrosif et drôle. J'admirais sa liberté. Tout en me rendant compte, de semaine en semaine, combien je lui importais peu.

Être à ce point ignorée, quand j'avais un si fort besoin d'être choisie, élue, m'excitait-il ? Devenir légitime à mes propres yeux, c'était soudain parvenir à être aimée par celui, justement, qui ne me considérait pas, ne me désirait pas et était tellement plus fort que moi. Peu m'importe aujourd'hui cette misérable psychologie. Mais peut-être a-t-il dû s'en servir, en jouer subtilement pour maintenir ma flamme tout au long de notre vie.

Il s'ennuya vite à diriger *Le Monde de la musique*. Il fallait aussi s'occuper des problèmes financiers du magazine et la gestion ordinaire n'était pas du tout son affaire. Il préférait inventer. Dès le début des années 1980, il quitta le journal et le journalisme, fonda une entreprise de création et design sonore, que le ministère de la Culture de Jack Lang subventionna bientôt. La découverte des travaux du Canadien Murray Schafer lui avait donné des ailes. Il avait déjà les projets les plus fous en matière de concerts comme d'urbanisme, d'environnement comme d'architecture, de design comme d'installation.

Ouvert à toutes les modernités, toutes les formes d'art, amoureux des artistes, le climat culturel des années Lang ne pouvait qu'encourager des démarches comme la sienne. Auréolé de son tumultueux et fécond parcours à France Musique, de la toute fraîche création de Radio Classique, il devenait un entrepreneur culturel à la mode du temps ; conscient des enjeux nouveaux de la politique et de la démocratisation artistique, mais pragmatique, soucieux de revenir à un artisanat musical qu'il voulait développer dans tous ses possibles, sociaux comme esthétiques.

J'avais enfin été embauchée à *Télérama* mais je le voyais moins, préoccupé qu'il était par cette radicale et culottée reconversion. Il démarchait projets et commandes. Je me démenais alors pour lui faire rencontrer l'unique industriel que je connaissais de mon côté, expert en simulateurs de vol pour pilotes de chasse et selon moi susceptible de s'intéresser à son travail, car il fallait bien sonoriser ces vols simulés... Tout près de mon village berrichon, le brillant entrepreneur possédait une immense et luxueuse propriété où j'espérais qu'il nous invite à dîner ou déjeuner lors d'un week-end que je rêvais de prolonger autrement. Après bien des coups de téléphone, des rencontres et au risque de susciter la jalousie de l'épouse de mon industriel, rendez-vous fut enfin pris pour un samedi midi de la fin août.

J'allai chercher l'homme aimé en voiture le matin même, à la gare la plus proche. Pas question de l'accueillir dans notre maison familiale, mon père m'aurait immédiatement demandé « à quel titre » il lui aurait fallu recevoir cet inconnu. Pour meubler le temps jusqu'à l'heure du déjeuner, nous nous sommes promenés sur un chemin en bord de Creuse. Il faisait chaud, il faisait beau ; l'air était frais entre les feuillages. Il ne m'a pas pris la main, il ne m'a pas pris le bras et m'a très vite annoncé avoir réservé un billet retour pour le train de 15 heures.

Le déjeuner se passa. Je fis tous les efforts du monde pour mettre sur la même longueur d'onde le capitaine d'industrie et le designer sonore. L'épouse et ses deux enfants me jetaient des regards noirs, paraissaient me trouver insupportable dès que j'ouvrais la bouche. D'ailleurs, la conversation ne décollait pas. Je n'y croyais plus. Le cœur n'y était plus. Vint l'heure du train. Les deux hommes convinrent vaguement de reprendre contact. Je le raccompagnai à la gare sous un soleil écrasant. Il ne me remercia pas, monta dans la voiture de tête sans se retourner. Je regardai le train partir. Avaient-ils tous les deux compris mes secrets enjeux ? Ni lui ni l'industriel ne se rappelèrent.

2021

Tu baissais sans cesse les stores, tu fermais les rideaux et obligeais la maisonnée à vivre dans l'obscurité. Tu disais que le soleil était dangereux pour nos vieux meubles ; qu'il décolorait leur bois, comme les motifs des tapis, des tentures ; et même qu'il ruinait les pigments de certains de nos tableaux. Tu ne supportais plus la lumière. Tu ne supportais plus, peut-être, de réaliser en plein jour combien tu étais diminué, marchais mal, souffrais de ta hanche, voyais de plus en plus difficilement et peinais à te tenir droit, toi qui insistais toujours pour que tes fils se tiennent droit. Tu étais devenu un vieil homme, alors que tu avais si longtemps paru adolescent et en jouais crânement.

D'abord, je ne pus m'empêcher d'aller tout rouvrir instantanément. Mais à peine l'avais-je fait que tu repassais derrière moi tirer les rideaux, baisser les stores. Bientôt je n'eus plus le courage de contrecarrer ces modestes décisions domestiques et les humbles désirs qui te restaient. J'acceptais que tu veuilles nous faire entrer ensemble dans la nuit de ton tombeau. Tu installais peu à peu la mort dans notre existence. Nous la découvrions ensemble.

Maintenant que tu n'es plus là, je regarde avec mélancolie les fauteuils, la table, les tapis, les guéridons, les tableaux, il est vrai décolorés. Tu ne t'étais pas trompé. Trop de lumière les a éclaircis. Ce que j'avais pris pour une ridicule obsession sénile se révélait bon sens paysan de ton enfance. La maladie en toi n'avait pas tout détruit.

Tu avais même gardé une certaine sagesse dans ta tête meurtrie. Tu ne t'enfuyais pas. Tu ne sortais pas inutilement dehors seul, comme le font, paraît-il, tant de malades d'Alzheimer. Preuve que tu te plaisais chez nous ? Je n'y avais jamais pensé. C'est vrai aussi que pour l'éviter nous rangions soigneusement tes chaussures – dont tu ignorais donc l'emplacement – et te condamnions aux élégants et fins chaussons de cuir noir que tu aimais tant lorsque tu étais bien portant. Jamais tu ne serais sorti en chaussons. Trop chic pour cela. Tu n'avais ainsi échappé qu'une seule fois à la vigilance d'une garde-malade intérimaire, qui s'était endormie devant la télévision alors que tu commençais ta sieste de l'après-midi. Au réveil, seul dans ta chambre, tu avais pioché un livre au hasard de ta bibliothèque, mis les chaussures que l'intérimaire n'avait hélas pas rangées, et tu avais filé. Jusqu'aux Champs-Élysées. Plusieurs kilomètres droit devant. C'était ton avant-dernier été. Ne te trouvant plus, affolée, la garde-malade m'avait immédiatement téléphoné. Dans ma frayeur, je ne l'avais même pas disputée, je m'étais dépêchée de rentrer. Avec Paul et Luc, nous nous étions aussitôt mis à quadriller le quartier. Nous nous étions partagé les rues. Personne. Tu avais disparu.

La police te repéra vite. Jamais nous n'aurions cru que tu pourrais aller si loin. Tu t'étais installé à une terrasse et avais commandé gaiement une bière. Tu la sirotas en lisant une vieille traduction de poèmes de Hölderlin, mais ne pus la payer quand le garçon de café te demanda de régler l'addition. Tu n'avais rien. Il se rendit compte des incohérences d'un vieux client trop distrait et affable, et te signala tout de suite au commissariat. Deux agents débarquèrent au bistrot. Heureusement, tu te souvenais encore de ton prénom et de ton nom. Les policiers te localisèrent grâce au fichier des permis de conduire. Ils te ramenèrent devant notre immeuble quelques heures après ta disparition.

Leur camion faisait pin-pon. Ils t'aidèrent à en descendre. Tu étais guilleret, réjoui de ta petite folie. Tu riais tout seul en chantonnant devant nous « pin-pon, pin-pon ». Tu nous embrassas avec empressement, comme si tu nous voyais après un long voyage. Les policiers me firent quantité de reproches et me traitèrent d'irresponsable. On ne laissait pas un malade d'Alzheimer sans papiers d'identité sur lui. Ils avaient raison. Mais tu n'avais jamais fugué auparavant. Et je me voyais si mal coller dans ta poche ton nom et ton adresse comme à un enfant parti en sortie scolaire. Tout ce qui attentait à ta dignité me répugnait.

Tu ne t'évadas plus de notre appartement, désormais fermé à double tour et dont je cachais les clés. Tu avais dû comprendre combien nous avions eu peur. Tu te réveillais trois, quatre fois par nuit, chaque nuit. Dans ces moments-là, tu t'habillais seul, de pied en cap, empilant n'importe quoi sur ton pyjama. Et quand tu étais ainsi couvert et recouvert, tu te plantais jovialement devant moi endormie et me disais de ta voix gracieuse : « Allez, ma chérie, on y va, on va faire une petite promenade ensemble maintenant, viens... »

Tu ne voyais plus la différence entre le jour et la nuit, le soir et le matin. Je me levais, je te déshabillais doucement, je te recouchais. Avant que tu ne recommences une heure plus tard. Je n'osais pas te donner de somnifères de crainte qu'ils accélèrent ta maladie, ralentissent ton cerveau.

Je ne sais plus comment j'ai pu tenir. Me réveiller, me rendormir. Me réveiller encore, me rendormir encore... Et ne jamais rien te dire de désagréable ou d'humiliant, ne jamais hausser la voix, t'embrasser juste tendrement en te déshabillant et te recouchant.

Je ne me souviens aujourd'hui à vrai dire de rien de ce qui dut être si pénible, si épuisant. Rien. J'ai effacé l'horreur. Ne me restent que les moments doux de ta maladie. Parce que c'était toi. Parce que c'était moi. Tu me manques tant.

1983

J'ignore encore comment je réussis à le décider à partir au Festival de Nancy à la fin du mois de mai. Certes la manifestation théâtrale, d'abord étudiante, créée par Jack Lang en 1963, avait gardé de sa magie. Mais après avoir bouleversé les amateurs de spectacle en leur révélant des metteurs en scène aussi radicaux et saisissants que les Polonais Jerzy Grotowski et Tadeusz Kantor, l'Américain Bob Wilson ou la chorégraphe allemande Pina Bausch, elle ne proposait plus guère de chocs esthétiques.

Il s'y était déjà rendu plusieurs fois. Il m'avait expliqué combien l'avaient stupéfié en 1968 les marionnettes à taille humaine du Bread and Puppet, dans les sous-sols de la mairie de Nancy. Un théâtre militant et fervent, une espèce de rituel qui, en quelques scènes quasi muettes, exprimait l'horreur de la guerre du Vietnam, mieux que bien des reportages. À ce moment-là,

Nancy abolissait les frontières entre les genres, les pays, les arts.

Mais trop de directeurs s'y étaient succédé sans avoir la flamme du père fondateur. Les spectacles étrangers programmés s'étaient institutionnalisés et les professionnels présents n'imaginaient plus que le théâtre puisse changer le monde. À ses débuts dérangeant, utopique, le festival tournait désormais en rond.

Née au mitan des années 1950, je n'avais pas connu l'époque pionnière, où la ville entière devenait théâtre, où l'on pouvait naviguer de création en création, tout au long de la journée. Un théâtre perpétuel, gaiement contestataire. Je buvais ses paroles. Au restaurant italien où nous nous retrouvions encore, bien qu'il ait quitté le journal, il me racontait ses premières émotions de jeune compositeur, fraîchement sorti du Conservatoire national de musique. Il avait débarqué à Nancy parce que tout alors intéressait ce provincial talentueux qui avait vu trop peu de spectacles à l'adolescence. Il l'avait ensuite couvert quand il était devenu journaliste culturel au *Monde* pour gagner sa vie et que le festival brillait encore de mille feux. Retourner là-bas, tant d'années après, abîmerait sans doute ses souvenirs. Il hésitait.

J'affirmais que ce vingtième festival serait forcément étonnant, anniversaire oblige. Et une belle occasion d'observer comment évoluait le monde de la culture en cette décennie 1980 où, dans la France socialiste, les artistes rayonnaient grâce au nouveau ministre Jack Lang, passé après bien des détours de Nancy à la rue de Valois. Il s'était laissé mystérieusement convaincre. Rien ne changeait pourtant dans son attitude. Je naviguais entre espoir et panique. D'autant qu'il n'avait pas souhaité que nous fassions le voyage ensemble. Peut-être craignait-il que nous soyons vus tous les deux, côte à côte. Nous devions nous retrouver au spectacle.

Il pleuvait beaucoup ce soir-là et il faisait froid. Nous avions choisi *La Mort de Danton* au Grand Théâtre, drame réputé injouable du très romantique Georg Büchner. Il aimait les romantiques allemands. Il leur ressemblait, je ne savais trop pourquoi ; une ombre de folie, de désespoir, une faille. Dans le hall, pour la première fois, au bout de cinq ans, il m'embrassa sur la joue.

C'est l'Allemand de l'Est Alexander Lang qui dirigeait ces quatre actes tumultueux et bavards censés se dérouler sous la Terreur. Il les avait stylisés à l'extrême. Les visages des comédiens étaient blêmes ; de grandes voiles rouges, comme autant de coulées de sang, balayaient l'espace.

Le même acteur jouait Danton et Robespierre. Lang cherchait sans doute à signifier que tout se valait désormais en matière de réflexion politique.

J'aurais été bien incapable de faire une critique de ce qui se passait en scène tant je voyais à peine les comédiens s'agiter sur le plateau. Seul m'importait son corps droit et raide à mes côtés. J'aurais voulu le sentir vibrer. Deviner sa chair ardente comme l'était la mienne, frémissante d'attente. Je promenais vainement ma main sur l'accoudoir de mon fauteuil ou lentement sur ma cuisse. Pour qu'il la saisisse. Le spectacle s'acheva. Je n'y avais rien compris, juste entendu de vagues dialogues en allemand. Lui, tout au long de la représentation, était resté impeccablement concentré et immobile dans son fauteuil. Sans rien deviner en apparence de mon trouble. Il applaudit poliment, tout en m'avouant à la sortie qu'il jugeait le spectacle artificiel et réducteur, sans intérêt. Il ne me demanda même pas mon avis. Au moins accepterait-il d'aller souper dans une brasserie pour garder un meilleur souvenir de notre voyage ? Il me répliqua avoir mangé dans le train, n'avoir plus faim et se sentir fatigué. Mieux valait aller se coucher tout de suite, d'autant que nous repartions très tôt le lendemain matin.

Nous avions le même hôtel, j'y avais veillé. Nous marchions dans sa direction sous la pluie. Il proposa de m'abriter sous son parapluie. Je tenais timidement son bras, ne savais quoi dire. Je redoutais de gâcher ce moment et qu'il s'interrompe. Lorsque nous parvenons enfin devant l'hôtel, le silence est installé. À la réception, chacun récupère sa clé. Nous prenons l'ascenseur. Je ne parle plus. J'ai juste la force de lui proposer doucement de boire un dernier verre dans ma chambre. Il sourit soudain. Accepte d'un hochement de tête, sans un mot.

Une fois la porte refermée, j'avance maladroitement dans la chambre sur mes talons hauts, j'ouvre le réfrigérateur à côté du lit et je lui suggère une vodka. Je suis mal à l'aise, je n'ai pas l'habitude. Il s'est assis dans l'unique fauteuil. « Vous savez que si nous couchons ensemble ce soir, ce sera pour la dernière fois », murmure-t-il. « Je sais », m'entends-je lui répondre. Je lui tends la petite bouteille, le verre et je m'agenouille devant lui.

2021

Jamais tu n'avais été si tendre. Quelque chose s'était libéré en toi. Tu t'abandonnais à moi, au plaisir de moi, au bonheur de moi. Tu me regardais amoureusement. Tu me caressais la joue du dos de ta main, tu posais sur moi des yeux confiants et joyeux. « Tu es si belle, ma femme. C'est incroyable comme tu es belle », répétais-tu sans fin. Et j'avais du mal, presque, à supporter ces élans de douceur.

Je m'en voulais d'être irritée par ces mots voluptueux dont j'avais tant rêvé. Il avait donc fallu la perte de mémoire, l'absence de contraintes, de conventions pour que tu te laisses m'aimer... J'avais vénéré un homme plein de morgue dont l'indifférence me poussait au-delà de moi-même, telle une Marthe, une Sygne de Coûfontaine dans ce théâtre de Paul Claudel que nous aimions tant tous les deux, et ces naïfs aveux amoureux me laissaient désemparée et impuissante.

Tu attendais à présent mon retour du travail heure après heure, comme je t'avais tant attendu lorsque tu vivais avec une autre ; et c'était moi désormais que tu réclamais sans cesse. Tu ne te souvenais d'ailleurs pas du nom de l'épouse d'antan, encore moins de la première, il y a des années. Quand je téléphonais à la maison, c'était à moi que tu posais toujours la même question, sans doute n'en possédais-tu plus d'autres, avec ce timbre que tu t'efforçais de rendre gai : « Elle rentre quand, ma femme ? »

Douleur de te laisser seul, sans moi, ces longues heures dans l'appartement. Remords, regrets. J'en venais à redouter de téléphoner pour ne plus t'entendre me demander encore. Et peu à peu l'angoisse, aussi, de ne plus savoir quoi te dire. C'était absurde et cruel de te poser des questions sur ce que tu faisais : tu ne faisais plus grand-chose, tu l'oubliais aussitôt et tu avais de moins en moins de mots pour l'exprimer. Ton vocabulaire autrefois riche et précis se réduisait chaque jour malgré les deux séances hebdomadaires, depuis des années, chez l'orthophoniste. Elle te faisait travailler sur des photos de nous, des reproductions de tableaux, des images d'objets usuels qu'elle te demandait de décrire. Tu n'avais plus les termes. Tu ne reconnaissais plus les animaux, ne te souvenais que de leurs cris quand tu apercevais leurs silhouettes sur le papier. « Hi-han, hi-han… Ouaf-ouaf… Miaou-miaou… Meuh-meuh… » Je ne supportais plus qu'on te pose des questions ou te fasse des tests. J'avais supplié ta nouvelle neurologue de les arrêter. Te rendre compte de ta maladresse verbale devait être une telle détresse pour l'intellectuel orgueilleux que tu avais été. Tu la cachais avec humour. Tu avais toujours été tellement digne, te tenant droit jusqu'à la raideur. Pour dissimuler tes faiblesses, tu te taisais chaque jour davantage, t'enfermais dans ton monde. Tu ne faisais que nous regarder avec des yeux encore présents, curieux, bienveillants.

Les premières années de la maladie, je rivalisais d'efforts pour te parler, discuter avec toi, maintenir le dialogue. Mais raconter l'actualité d'un monde que tu ne savais plus même nommer dans ton existence monolithique et cloîtrée devenait absurde. Et plus dérisoire encore, t'expliquer jour après jour mes activités à *Télérama* ; la manière dont il me fallait diriger le journal sans qu'apparaissent les contraintes, les tourments, les désespérances que créait ta maladie. Seuls de très proches et rares collaborateurs étaient au courant. Je préférais garder le secret de notre peine commune. L'avouer était impossible. Soit on m'aurait reproché d'être une épouse indifférente, qui aurait mieux fait de te soigner que de diriger le journal. Soit on aurait jugé que les inquiétudes que me causait légitimement ton état me rendaient inaptes à bien le diriger. Cruauté ou incapacité : dans tous les cas, on n'aurait pas pardonné à la femme dirigeante que j'étais de poursuivre son métier. Double peine.

Car je n'aurais jamais tenu sans ce contact quotidien avec une rédaction que j'admirais et aimais depuis que j'y étais entrée en 1978, et dont je respectais les passions et la diversité depuis seize ans que j'en avais pris la tête. Une rédaction forcément critique dans un magazine de critique culturelle. Et une rédaction rebelle, forte en gueule et rétive à l'autorité – comme je l'ai toujours été moi-même –, qui m'avait adoubée en 2005. Une rédaction qui me ressemblait à sa façon, et à qui je ressemblais aussi, mais qui ne me passait rien, m'accusait souvent d'autoritarisme, me reprochant un exercice vertical du pouvoir. Je voulais trop m'occuper de tout disaient-ils, trop contrôler tout. J'aime les choses bien faites. Je m'en sens responsable. Il m'a fallu ainsi naviguer de crise en crise, tandis que m'étaient imposés des coachings pour améliorer mon management, m'apprendre à déléguer, à lâcher prise, à faire confiance. Je fais rarement confiance.

Avant ta maladie, tu m'aidais à sourire de ces efforts constants que j'entreprenais vaillamment, tu m'aidais à tenir. J'adore mon métier. J'ai, pour l'exercer, une farouche capacité d'endurance et force de résistance. Et l'orgueil de ne jamais me laisser atteindre, blesser par quiconque je n'admire pas. J'admire peu. Quand t'a attaqué la maladie, mes soucis au journal devenaient dérisoires face à ta pauvre existence, et je n'ai gardé que la joie de retrouver la rédaction chaque matin. J'oubliais le reste. J'aurais tant apprécié pourtant que les journalistes comprennent combien je me fichais de ce prétendu pouvoir dont j'étais censée raffoler. Ou combien peu m'importait cette petite notoriété conquise à coups d'émissions et de documentaires télé, de magazines radio ou de livres. Ou du seul fait d'être à la tête d'un formidable journal pendant une durée inimaginable aujourd'hui, seize ans ! Je suis une solitaire, une sauvage qui ne prise guère les mondanités, les cocktails, les fêtes, les vernissages ou autres dîners en ville. Qui ne se réjouit que d'aller au théâtre, à des concerts, de lire ou de voir une exposition. Je n'ai jamais souhaité que défendre, envers et contre tout, une certaine idée de *Télérama*, cet exigeant, cet essentiel passeur d'arts et de pensées. Que transmettre intégralement ce trésor que j'avais reçu de mes prédécesseurs, en tentant de l'enrichir encore. Seul compte le magazine, pas moi. Le servir et non m'en servir. Quand j'en ai quitté la direction le 31 décembre 2022 – pour limite d'âge à cette fonction – j'y suis redevenue simple journaliste.

Tu comprenais à merveille cette dévotion. Tu avais le même sens du devoir et du travail. Tu m'avais aussi beaucoup aidée au fil des ans, me suggérant volontiers des thèmes à traiter, des artistes décapants à interviewer, qu'ils soient musiciens, designers, urbanistes ou architectes. Tu m'insufflais surtout des manières de me comporter avec les autres, avec mon équipe, d'être comme toi tolérant, ouvert, pour mieux les engager à mes côtés. « On ne te suivra que si ton projet passionne », répétais-tu. Tu étais plus généreux que je ne l'étais.

Mais comment pouvaient désormais t'intéresser mes démêlés avec l'un ou l'autre, mes envies d'enquêter sur des sujets qui ne te concernaient plus, que tu ne connaissais plus ? Même si tu faisais toujours semblant de m'écouter attentivement. Au fil des ans, j'ai fini par me taire. Trop désolée que mes phrases tombent à plat. Trop triste de te voir incapable de me répondre. Tu le sentais aussi. Dans notre gêne commune, échanger devenait souffrance. Tant de ces conversations quotidiennes, qui alimentent l'ordinaire de nos existences, nécessitent la mémoire du jour, de la veille ou ces souvenirs que tu n'avais plus.

Il me fallait partager avec toi le pur présent, l'émotion et la pensée immédiates. Je n'étais pas douée pour ces instantanés lumineux. J'étais trop anéantie par ta maladie et ce que devenait notre vie. Je n'avais plus le courage de formuler des phrases juste simples et affectueuses. J'étais si triste quand il t'aurait fallu tant de joie.

Alors je t'amenais au théâtre et à des concerts. Chaque soir. Jusqu'aux derniers jours. Pour t'offrir ce qui depuis toujours – avec toi, avec nos deux fils – donnait consistance à ma vie, matière à comprendre le monde, à l'aimer et à l'accepter. Même au-delà des mots, des discours, rien qu'avec des sensations, des émotions et parfois des silences. Au fort de ta maladie, tu pleurais toujours, les yeux fermés, en écoutant la musique que tu aimais en concert. Et tu regardais avec une curiosité pleine de sourires les comédiens jouer sur scène, que sûrement tu ne comprenais plus. Tu ne t'endormais jamais. Tu observais avidement. Tu échappais de toutes tes forces à ton quotidien. Ces intenses moments de musique, de théâtre semblaient magiquement te réveiller. En revanche, regarder certains soirs des séries ou les actualités à la télé, assis sur le canapé, t'amusait peu, t'agaçait. Jusqu'au bout, tu as su faire la différence ; jusqu'au bout, tu seras resté un artiste.

1984

Il avait tenu parole. Faire l'amour ensemble n'avait été qu'un rêve fugitif, une étreinte brève et brûlante à l'occasion d'un festival moribond. Il n'était même pas resté jusqu'au matin. Après un long baiser silencieux, il s'était habillé à la hâte dans le noir, il était parti sans allumer la lumière. Je n'avais pas prononcé le moindre mot. De peur d'abîmer notre miracle. Je l'avais juste observé dans l'obscurité, illuminée de joie et brisée à la fois.

Dans le train, à l'aube, nous n'étions pas assis côte à côte, puisqu'il n'avait pas souhaité que nous réservions ensemble nos places. Il avait filé dès l'arrivée à la gare de l'Est. La boule au creux du cou, je l'avais regardé se précipiter vers les taxis. Mais j'étais heureuse malgré tout. De l'avoir senti en moi, d'avoir goûté sa peau fine et soyeuse, ses caresses légères et respectueuses, son corps vif et nerveux.

Tout recommença comme avant. Moins bien qu'avant. Il m'évitait au téléphone, et quand je parvenais à ce que sa secrétaire me le passe, sa cordialité était trop affichée, sa politesse trop lisse. J'aurais dû me décourager, comprendre ce que son indifférence courtoise signifiait. Je ne me résignai pas. Je rappelais. Je m'accrochais. Je me persuadais que s'il ne me disait pas crûment de ne plus insister, de ne pas m'acharner à vouloir lui parler, rien n'était perdu. Tant que je ne lui posais pas d'ultimatum qu'il aurait refusé, je pouvais tout oser. Je n'ai jamais posé d'ultimatum.

Je harcelais en douceur. Mais c'était bien une forme de harcèlement, ininterrompu, inextinguible, comme ne peuvent manquer d'en commettre les amoureux fous au bord de l'asphyxie. Les amants de passage me permettaient d'oublier les humiliations qu'il m'infligeait. J'aimais les hommes. J'aimais faire l'amour avec des hommes. Je les consommais sans état d'âme. Et sans complexe. Il me fallait m'emplir de conquêtes et de forces pour avoir le courage d'à ce point me nier pour lui. Face à qui je n'avais plus d'orgueil. Ou plutôt l'orgueil suprême de ne plus avoir d'orgueil. D'être au-delà.

Je suscitai de nouveau un déjeuner. C'était plus compliqué depuis qu'il avait quitté *Le Monde de la musique*. Désormais subventionné par le ministère de la Culture de Jack Lang, son nouveau studio de design sonore et de recherche en acoustique était installé boulevard Davout à Montreuil. Je lui proposai de me le faire visiter, j'en étais curieuse.

De demande en demande, de refus en refus, il finit par accepter, et je me rendis, vacillante, sur son territoire de Montreuil. Le studio était entièrement blanc, moderne et clair avec son élégant mobilier de métal jaune et noir de style Beaubourg. J'osais à peine regarder son équipe d'acousticiens, chercheurs et musiciens, à peine leur parler ; l'ambiance pourtant était souriante et sereine. Il se déplaçait au milieu d'eux en blaguant, tous le regardaient avec affection et je ne sais quoi d'admiration. Nous sommes descendus déjeuner. Avec une gaieté forcée, je l'interrogeai sur ce virage passionnant et courageux dans sa carrière, ses projets, ses recherches, ses voyages et déplacements à venir. Je n'eus pas le courage d'évoquer notre soirée à Nancy. Il ne l'évoqua pas non plus. Mais l'habitude était reprise de déjeuner ensemble. Je tentais de me faire la plus légère possible, lui lançais des dates de mois en mois avec une nonchalance appliquée. Alors que j'y pensais à chaque seconde, alors qu'il me hantait jour et nuit, me laminait, me dévorait. Sa résistance souriante mais en acier trempé me rendait éperdue.

2021

Nous n'avions pu fêter ton quatre-vingt-deuxième anniversaire, le 11 janvier. Tu ne t'alimentais plus, tu ne buvais plus, tu parlais à peine, les yeux fermés, le visage gris et émacié. Deux longs jours déjà que tu ne me reconnaissais pas. Tu dormais. Tu devenais trop faible pour que je t'aide à prendre ta douche. Nous avions même renoncé à te lever et à t'installer sur ton fauteuil. Je tenais pourtant à ce que tu sois habillé et rasé de près chaque jour. Tu n'avais jamais supporté le débraillé.

Mon ami médecin nous avait aidés à te faire bénéficier de l'hospitalisation à domicile, puis des soins palliatifs, puisque décidément tes reins ne fonctionnaient plus. Une perfusion distillait de la morphine à petites doses dans ton bras pour que tu ne souffres pas.

Tout est allé si vite. Trop vite. On ne meurt pas de la maladie d'Alzheimer, et j'espérais te garder longtemps à mes côtés. Avant le lit médicalisé, la perfusion, la sonde, mes nuits pourtant se faisaient chaque soir plus difficiles. J'étais réveillée par tes chutes fréquentes sur le sol et tes gémissements. Tu ne pesais plus rien, mais tu ne comprenais plus les mouvements, les gestes que je te demandais pour te relever. Parfois, tu pleurais sans bruit. Tu renonçais à te soulever, tu disais préférer dormir par terre sur le tapis. Nous recommencions. Ils étaient loin, ces mois où tu m'apparaissais tout guilleret vers 2 heures, 4 heures et 5 heures du matin, habillé de pied en cap et clamant ton désir de partir te promener. Je les regrettais presque quand je te voyais prostré sur le sol et moi impuissante à te soulager. Je parvenais à te remettre au lit, mais c'était long, très long. Je redoutais de te faire mal. Et je n'osais en parler à mes fils qui me poussaient à prendre un infirmier de nuit. Je refusais. J'aimais ce dernier contact charnel avec toi. Prendre ton corps abandonné dans mes bras.

Nous avions passé de belles fêtes de Noël, tranquilles et affectueuses. Comme un enfant, tu avais été content d'ouvrir tes paquets. Tu souriais, riais, heureux d'être avec nous. Nos fils ainsi que notre délicieuse et lumineuse belle-fille t'avaient offert des objets musicaux, des instruments faciles et simples, et tu t'en amusais gaiement. Nous avions évité les livres. Lire ne te disait plus rien. Tu voyais de plus en plus mal. Dès que tu le pouvais, pourtant, tu prenais sur tes genoux un gros catalogue consacré à Rosa Bonheur et ses peintures animalières, ses paysages agricoles. Tu le feuilletais page après page, savourais avec attention chaque reproduction de cette artiste que tu n'aurais guère prisée avant ta maladie. Elle faisait maintenant ton émerveillement. Elle devait t'évoquer la campagne de ton enfance. Le seul passé dont tu aies gardé la mémoire.

Nous partîmes le lendemain de Noël dans le Berry. Tu aimais notre petite maison de famille que tu avais, depuis vingt ans, beaucoup réaménagée. Mais il faisait froid en cette fin décembre au pays de George Sand. Tu en souffrais d'autant plus que ta maigreur s'accentuait. Alors tu empilais les pulls, les plaids, les uns sur les autres et t'asseyais sur un fauteuil pour ne plus en bouger. C'était la première fois que tu te plaignais de t'ennuyer « comme un rat et de mourir de froid ». Trop faible pour te promener et trop gelé, les mains glacées, tu restais cantonné à la télévision que nous regardions ensemble. Mais tu ne la supportais plus. Écouter de la musique non plus. Même faire du piano t'était devenu pénible. Tu te trouvais nul, t'exaspérais toi-même. Tu ne me jouais que ta triste complainte et te lamentais de n'être capable de rien. Juste de monter te coucher. Tu dormais beaucoup dans la journée. Et tes dernières nuits de décembre furent terribles.

Tu hurlais dans le noir. Je me levais pour mieux prendre ta main et m'asseoir face à toi, de ton côté. Les yeux fermés, tes lèvres sèches et dures susurraient avec amertume que ce n'était plus possible. Que tu allais crever. Que je te laissais crever. Que je m'en foutais que tu crèves. Que je t'abandonnais. Que je m'en foutais de t'abandonner. Que tu n'avais plus qu'à mourir. Que tu avais peur de mourir. Que tu ne voulais pas mourir.

Jamais je n'avais entendu dans ta bouche pareils mots, pareilles angoisses. Quel enfer traversais-tu ? Je passai quatre nuits entières à tenir et caresser ta main dans la nuit à peine éclairée de la chambre. Dès que je tentais d'aller m'allonger, tu criais, tu pleurais. T'entendre me broyait le cœur. J'essayais maladroitement, bêtement de te calmer, de te faire sourire. Nous n'étions déjà plus dans le même monde.

– Mais mon ange, mon chéri, mon adoré, tu ne vas pas mourir... je suis là. Je te garde avec moi. Je te protège... Et puis tu me disais toujours que tu n'avais pas peur de mourir, qu'au contraire tu en étais curieux... Tu t'en souviens... Tu en riais même, tu te moquais de mes angoisses à moi... Tu es si courageux, tu sais... tu es si résistant à la souffrance. Pour chaque opération qu'on t'a faite, tu te rappelles que tu as toujours refusé les anesthésies générales, Paul et Luc en étaient éblouis... Nous t'admirons tant. Je t'admire tant. Depuis si longtemps, mon amour. Ta force. Ton courage. Ton énergie. Tu es le seul au monde que j'admire. Je n'ai rencontré personne comme toi. Jamais. Tu ne peux pas avoir peur de mourir, mon ange. Et puis surtout, surtout, encore une fois, tu ne vas pas mourir... Je suis là, personne ne te prendra à moi...

– Si. J'ai peur. Très peur. Je vais mourir. Je vais crever comme un chien. Et j'ai mal. Très mal. Et je ne veux pas mourir. Je ne veux pas crever.

– Mon amour, on va prier ensemble tous les deux, tu veux bien ?

– Oui, je veux bien... je veux bien... Merci. Merci. Merci, ma chérie. Merci. Ne me quitte pas, ne m'abandonne pas... J'ai si peur...

Et nous égrenions les « Je vous salue Marie » jusqu'à ce que tu t'endormes, enfin apaisé. Tu ne les avais pas oubliés et les récitais avec ferveur, tel le garçonnet pieux et plein de foi que tu avais été avant d'être abusé si souvent par des prêtres, au petit séminaire de Nogent-le-Rotrou. Comme l'avaient été avant toi, m'avais-tu dit, tes grands frères. Tes parents avaient toujours refusé de vous croire quand vous aviez voulu vous confier. Tu en haïssais encore l'Église.

Ces nuits de furieuse et noire angoisse, proches de ces déserts spirituels que décrivent si bien les grands mystiques, eurent-elles raison peu à peu de ta résistance ? Te préparèrent-elles secrètement à accepter la mort ? Tu n'étais plus le même, lorsque nous revînmes à Paris. Plus tôt que prévu. Je souhaitais à tout prix t'éviter ces terreurs nocturnes dans un lieu qui t'était devenu étranger. Notre maison. Dans la voiture du retour, tu regardais défiler le paysage sans dire un seul mot. Que voyais-tu au juste ?

1985

Le boulevard Davout était décidément trop loin et son atelier trop impressionnant, trop rempli d'inconnus pour que je propose de l'y rejoindre quand il ne pouvait se déplacer à *Télérama*. Il ne m'y incitait d'ailleurs pas. Un jour, j'osai l'inviter à boire un verre à la maison après son travail. Bizarrement il accepta. Je lui fis un mauvais thé ou lui offris un mauvais whisky ; j'étais, je reste, nulle et paniquée pour ces choses de la vie.

J'avais à l'époque des soucis avec un amant jaloux et brutal qu'il connaissait. Je les lui confiais. Il se moquait gentiment de moi, tout en me donnant des conseils. J'avais peur. L'amant refusait mes ruptures. Il passait des nuits entières couché sur mon paillasson, devant la porte que je n'ouvrais pas. Je devais l'enjamber pour partir travailler à *Télérama* au petit matin. Il me regardait sans dire un mot. Il ne désespérait pas, il ne lâchait pas, il me relançait sans cesse. Et je finissais par céder, un soir de solitude et de détresse. Il me fallait bien tenir, après tout, face à mon impossible amour.

Alors qu'il buvait son whisky à mes côtés, sur mon canapé Napoléon III bleu roi, je lui exprimai mes dernières angoisses et posai ma tête sur son épaule. Je relevai le visage doucement et j'embrassai sa joue. Il prit enfin ma bouche. Rien que ma bouche. Mais avec une infinie et passionnée tendresse.

2021

Peut-être décidas-tu de mourir. Ces dernières nuits de décembre dans le froid du Berry, tu avais fait le gros du travail, tu avais traversé l'épouvante. Épuisé, tu t'étais enfin détaché, tu étais passé de l'autre côté. C'est à partir de ce moment-là que tu t'es mis à ne plus me reconnaître et à m'appeler si poliment « madame ».

J'hésitais à te faire donner le sacrement des malades. L'aurais-tu souhaité, toi qui avais tant rejeté l'Église et trop de ses prêtres prédateurs ? Cela allait-il te faire peur, encore ? Prendrais-je le risque de te contrarier, même si je pensais essentiel cet ultime rituel ; pour se mettre en paix avec Dieu, avec soi-même. Contre toute attente, nos fils me devancèrent. Ils me demandèrent que l'extrême-onction te soit donnée. J'acceptai avec joie. Luc proposa pour officier son ancien aumônier. Il vint deux jours plus tard.

À peine était-il assis dans mon bureau, pour que je lui raconte quel homme tu étais et ton parcours d'artiste, que Paul, blême, intervint avec une timide fermeté. « Avant que vous ne donniez à mon père l'extrême-onction, je voudrais que vous vous excusiez d'abord, au nom de l'Église, pour tous les crimes de pédophilie dont tant d'enfants, comme lui, ont été les victimes. » Silence. Jamais je n'aurais imaginé pareille réaction de la part de notre fils aîné. Surpris, le prêtre l'a regardé sans un mot de longues secondes, puis il s'est levé de son fauteuil et s'est excusé au nom de l'Église. Paul l'a remercié. Sans rien ajouter, bouleversée par la simplicité grave de ces échanges, j'ai conduit le prêtre auprès de toi et je vous ai laissés.

Je ne sais si tu t'es rendu compte de quoi que ce soit, ce que le prêtre t'a dit et j'ignore les paroles exactes du sacrement. Mais tu semblais apaisé quand il est sorti. À quoi pensais-tu, les yeux clos ? Comptions-nous encore pour toi ? Étais-tu encore parmi nous ? Étais-tu loin déjà ?

Luc m'avait prévenue que tu allais très vite mourir, que je devais me tenir prête. Mais je ne le croyais pas. Je te voyais indéfiniment là, même si peu là. J'en avais besoin. Et que cela dure. Que tu restes près de moi. Ce n'est que des semaines plus tard qu'il m'a avoué avoir décidé sans m'en parler – j'aurais sans doute refusé – de te chuchoter à l'oreille que tu pouvais nous quitter désormais après le sacrement des malades. Que tu étais en paix. Que tu pouvais suivre ton chemin. Que tu n'avais plus à souffrir. Nous ne te demandions plus ça. Nous ne te demandions plus rien. Nous t'aimions de toute façon. Pour toujours. Tu pouvais enfin trouver le repos, la paix. Tu pouvais t'évader vers ton éternité.

À peine quelques heures plus tard, après ces chuchotements, tu te libérais de ton corps souffrant, de ton cerveau en miettes. Tu me laissais là.

1987

L'Austin Mini noire avait sûrement roulé trop vite sur les pavés du Marais. Mais il était tard, j'étais enceinte jusqu'au cou, énorme et serrée dans ma robe d'été. J'étais fatiguée. Mon couple d'amis avait tenu à me raccompagner rue Caumartin après le dîner chez eux. Hervé et Jean-Marie veillaient affectueusement sur ma solitude de mère célibataire. Je les émouvais, parce que je ne me plaignais de rien, n'évoquais jamais le père absent, n'en disais aucun mal. Ils aimaient que je continue d'aller aux spectacles, que je continue de les accompagner joyeusement rue Sainte-Anne dans leurs trépidantes boîtes gays. Que je poursuive crânement mon métier. Embauchée par Bernard Faivre d'Arcier, ex-patron du Festival d'Avignon et nouveau directeur de la Sept – qui deviendrait sous peu Arte –, j'avais pris en 1986 une année sabbatique à *Télérama* pour fonder là-bas l'unité

Documentaires que reprendrait après moi Thierry Garrel. Le brillant Faivre d'Arcier injustement viré, je ne fis en effet pas long feu dans la chaîne culturelle naissante, où la productrice de télévision féministe Éliane Victor, membre du nouveau conseil d'administration, m'accusa même d'être fraîchement enceinte pour toucher de plus grosses indemnités de départ. J'en avais été interloquée, incapable de lui répondre tant pour les filles de ma génération elle incarnait une attention inédite aux femmes. Drôle de monde, drôles de femmes de pouvoir. Je ne serais jamais de celles-là.

Pas plus que je ne me plaindrais des inconforts et difficultés d'une grossesse que j'étais la seule à désirer.

Je n'éprouvais d'ailleurs aucun inconfort. Je n'avais même jamais été si heureuse, énergique et sûre de moi. Après *Plaisir du théâtre* sur Antenne 2 au début des années 1980, aux côtés de Pierre Laville, puis *Tous en scène* sur France 3, je produisais désormais avec le réalisateur Georges Paumier *L'Œil en coulisses*, mon propre magazine de théâtre sur Antenne 2, que j'animais. Et chaque soir de la semaine, je participais à *Barbier de nuit*, en direct sur Europe 1, où je chroniquais pour Christian Barbier et sa somptueuse voix de crooner à la Sinatra les pièces que j'aimais. La critique de théâtre officielle de *Télérama* que j'étais devenue courait désormais les médias au point d'être gentiment caricaturée par les Inconnus sous le nom de « Fabienne Fiasco » dans l'un de leurs inénarrables sketchs.

Fiasco... Dans l'Austin d'Hervé qui me faisait tressauter, j'avais pourtant le sentiment d'attendre fièrement, victorieusement mon enfant. C'était un garçon, je le savais. Il s'appellerait Paul. Son père m'avait dit une fois aimer ce prénom.

Je ne le voyais plus depuis que je lui avais annoncé ma grossesse et mon refus d'avorter une fois encore, comme il l'exigeait. Il m'avait même menacé de mettre fin à ses jours, mais cette fois je ne céderais pas. J'avais décidé d'élever notre enfant seule et sans rien lui demander. Pour signifier son opposition et notre rupture définitive, il m'avait annoncé, quelques jours plus tard, qu'il épouserait sa compagne à la mairie du sixième arrondissement, une semaine avant la date prévue pour la naissance. Et partirait avec elle juste après en voyage de noces, en Grèce, sur les traces de saint Paul. Son fils et moi, nous nous imposions malgré nous.

Je ne souffrais plus. Parce que je croyais ne pas pouvoir souffrir davantage. Attendre davantage.

J'avais fini par préférer un enfant du seul homme digne de mon amour à une relation chaotique avec lui. J'étais maintenant sûre de moi. J'aurais son fils, même si c'était terminé avec lui. Je n'avais plus la force de ne le voir qu'entre deux portes, au hasard du temps que lui laissaient sa nouvelle entreprise ou les continuels voyages qu'il programmait aux quatre coins de la planète. Plusieurs fois en Chine, tout récemment encore, parce que l'ancien ministre de la Culture Michel Guy lui avait confié la programmation d'un Festival d'Automne 1986 dédié à la culture chinoise. Après le Japon, l'Australie, l'Inde...

Comment aurait-il refusé ? Depuis sa création en 1972 par ce grand amateur et découvreur d'arts ami de Georges Pompidou, le Festival d'Automne était une manifestation culturelle brillante, élégante, parisienne et résolument contemporaine. Il avait pris le relais du défunt Festival de Nancy et rayonnait de tous ses feux. On y découvrait avec éclat les artistes les plus audacieux et innovateurs de l'ailleurs. Surtout des États-Unis. Grâce à lui, nos fenêtres s'ouvraient spectaculairement sur le monde et le paysage artistique français s'aérait enfin.

Michel Guy avait été d'emblée conquis par l'extraordinaire curiosité, la grâce et l'humour de l'ex-patron de France Musique, dont la compagne était elle-même experte en culture chinoise. Peut-être lui avait-elle inoculé le virus. Il avait souhaité qu'il orchestre une manifestation rendant hommage à des artistes qui s'exportaient peu, à une civilisation qu'on connaissait encore mal mais où la musique occupait un rôle essentiel. On avait en Chine la conviction qu'elle exerçait un réel pouvoir sur les hommes.

Quelques rangs derrière lui et elle, j'avais assidûment assisté tout au long de l'automne 1986 aux singuliers spectacles qu'il avait traqués à travers tout le continent. Autant de labyrinthes de sensations étranges où il nous conviait.

À l'image des chants d'amour poignants et délicieusement ciselés de huit jeunes filles de la minorité des Dongs. Il pouvait ainsi être sensible aux détresses amoureuses ?

Dans le noir de la salle, j'observais leur couple. Je guettais des gestes de tendresse qui m'auraient assassinée sur place. Il n'y en eut pas. Je fuyais aux entractes et à la sortie pour éviter de les croiser. Jamais je ne me suis approchée et il a toujours paru ne pas me voir.

Mais me cacher à ce point devenait ridicule. Et être refusée à ce point, absurde. D'autant que je commençais à être reconnue dans mon métier de journaliste, de critique, que j'en aimais la lumière. Mon corps finit par dire non. Mon corps préféra porter cet enfant plutôt qu'attendre vainement son père. Je rêvais depuis des années d'être mère. Paul me renverrait de toute façon l'image de son père mon existence durant. Cela me suffisait.

L'Austin stoppa net. Hervé et Jean-Marie m'ordonnèrent d'aller aussitôt me coucher. Ils me trouvaient les traits tirés. À peine arrivée à la maison, alors que je me déshabillais péniblement, je sentis mes jambes humides et bientôt inondées. Mes pieds nus baignaient dans une flaque. J'avais rompu la « poche des eaux », comme on me l'avait enseigné à la maternité. L'accouchement était proche. Je me rhabillai, pris le sac pour le bébé que j'avais vingt fois fait, défait et refait, et descendis dans la rue Saint-Lazare héler un taxi pour filer à la maternité Notre-Dame-de-Bon-Secours. J'étais sereine, j'étais gaie. Je ne pensais à rien d'autre qu'à la naissance prochaine.

Le chauffeur était ému que je sois seule dans cet état. Mais je n'avais personne à prévenir. Surtout pas ma famille qui avait mal accepté cette grossesse hors mariage. Pas d'amis intimes non plus que j'aurais osé réveiller à pareille heure.

Dans la chambre où me conduisit l'infirmière était déjà couchée une grande Martiniquaise enturbannée. Elle hurlait de douleur tandis que son mari lui tenait la main ; ou, quand elle ne criait pas, se tournait et se retournait dans le lit en gémissant comme un animal pris au piège. Sa souffrance me fit froid dans le ventre.

Au matin, à mon réveil, elle avait changé de pièce, le bébé était sans doute né. Le mien ne venait pas. Il fallut provoquer sa venue. Les heures ne passaient pas. J'ignorais ce qui allait advenir. Aucune femme, pas même ma mère, ne m'avait rien expliqué. Je n'avais jamais vraiment posé de questions non plus et j'avais préféré le travail au journal à toutes les séances de préparation à l'accouchement sans douleur. J'étais comme au spectacle de ma propre délivrance, attendant le lever de rideau, puis le dénouement des cinq actes.

Paul est né. Roux, beau, pleurant juste ce qu'il faut comme pour ne pas me fatiguer. Délicat, déjà. Après quelques jours, l'ami que je lui avais choisi pour parrain est venu nous chercher à l'hôpital et nous a reconduits à l'appartement de la rue Caumartin où j'avais organisé depuis des mois son arrivée, son lit à barreaux à côté du mien. Je savais qu'il allait illuminer mon existence, lui donner un autre sens, un idéal. Il était le fils de l'homme que j'aimais. Il n'aurait pu être que le fils de l'homme que j'aimais.

Sinon je ne l'aurais pas désiré avec tant d'obstination. Seule contre tout mon entourage, qui m'accusait d'égoïsme irresponsable puisque je privais d'un père légitime un fils qui en aurait besoin. Sans compter ce que j'avais osé faire, aussi, à ce malheureux père : « un enfant dans le dos », comme ils disaient.

Les années 1980 étaient encore hostiles aux « filles mères », selon l'expression de l'époque ; et dans tous les milieux. Les hommes les regardaient avec grivoiserie – combien de propositions graveleuses ai-je subies enceinte ! – et les femmes, comme de potentielles rivales n'ayant pas froid aux yeux. Car je cachais avec panache le nom du père. Je ne souhaitais pas lui nuire. Ni à son couple, ni à sa vie professionnelle, ni à cette femme, surtout, qu'il aimait et que je respectais pour cette unique raison, par amour de lui. Je me voulais héroïne.

2021

J'ai désiré te garder chez toi, avec nous, jusqu'à ta mise en bière et ton enterrement à notre paroisse de Notre-Dame-de-Lorette. J'ai voulu offrir à nos fils un ultime tête-à-tête avec toi et ce rare, ce précieux face-à-face avec une mort qu'on cache aujourd'hui au point de la nier. Je pensais qu'ils aimeraient se recueillir à tes côtés avec moi, chaque soir, jusqu'à l'ultime cérémonie ; qu'ils aimeraient te parler, te veiller dans ton dernier voyage. Non. Paul et Luc m'ont fait comprendre que j'étais morbide. Qu'ils n'aimaient pas l'odeur de formol, qui baigna, encore longtemps après ton départ, notre appartement. Que les thanatopracteurs, même compétents et dévoués, qui étaient venus te « préparer » – j'avais cru faire au mieux – avaient trop déformé ton visage, tes yeux, ton teint, ta bouche qui ricanait maintenant trop fort. Ce n'était plus toi. Il fallait bien que je comprenne que tu n'étais plus là, que je racontais n'importe quoi.

Paul avait juste demandé qu'on t'enterre dans ton costume de marié. Il savait combien j'avais attendu sans y croire ce mariage. Lui aussi, sans doute. Il avait dix ans. Vingt-quatre ans plus tard, il sortit du placard le chic costume rayé avec gilet que tu avais précieusement conservé. Et la cravate qui allait avec. Il les a tendus aux employés des pompes funèbres. J'ai juste gardé, dans ma penderie, les chaussures de nos noces.

Je t'ai veillé seule chaque nuit près d'une semaine durant. Je nous mettais de la musique ou la radio. Je te parlais. De toi, de nous. Je priais. Puis j'allais me coucher après un léger baiser sur ton front froid. Je savourais ces derniers instants avec toi. Le matin, je me précipitais bêtement devant ton lit, pour voir si tu étais encore là, encore mort. Tu étais encore là, encore mort. Comment était-ce possible ?

J'avais décidé de te faire incinérer. La maladie t'avait trop abîmé. Je refusais que mon bel amant garde pour l'éternité ce physique de supplicié. Par respect pour le séducteur que tu avais été, il fallait l'effacer. Et puis je rêvais d'avoir tes cendres, chaque nuit, à mes côtés. Je te l'avais mille fois dit, et même que je finirais par les manger, cuillerée après cuillerée, pour que tu restes à jamais en moi. Ça te faisait rire. Tu te moquais tellement de ce qu'on ferait de ton corps après ta disparition. Tu me répétais en me prenant la main que tu me l'offrais. Nous en parlions souvent quand tu étais encore en bonne santé. Tu étais avide et curieux, alors, de vivre ta mort.

1988

Longtemps après la naissance de Paul, il m'envoya cet énorme bouquet de roses rouges que je n'attendais plus. Sans un mot. Comme si le bouquet ne pouvait venir que de lui. Je ne me manifestai pas. Je lui avais signifié je ne sais plus comment que l'accouchement s'était bien passé. Les portables n'existaient pas encore. Heureusement. J'aurais guetté ses SMS des journées entières. Au moins, lorsque je sortais de la maison ou du journal, je n'avais rien à attendre, j'étais injoignable. Rien à espérer. Repos, paix et liberté sentimentale des années 1980.

Revenue de la maternité, j'avais juste reçu une carte postale de son périple en Grèce et en Turquie, sur les traces de Paul. J'avais imaginé son voyage de noces.

Trop de peine tue la peine. Je n'en éprouvais plus, tout à la joie de mon nouveau-né, de mes nouvelles préoccupations maternelles, de l'organisation complexe de notre vie à deux. C'était un enfant étonnant. À quelques mois seulement, il s'adaptait à tout, comprenait tout, comme s'il voulait me rendre la vie légère. Notre relation était fusionnelle. Il avait pris toute la place. Il me rendait heureuse. Mes parents en raffolaient. Mon père était désormais fier qu'il porte son nom, le mien.

Après le bouquet de roses rouges, il me téléphona plusieurs fois pour s'inquiéter de nos conditions de vie, de notre santé. Quelques jours plus tard, un premier rendez-vous eut lieu chez moi, rue Caumartin. Nous étions gênés. Il prit son fils dans ses bras, gauche et bouleversé. Il n'avait pas voulu assister au baptême, que la fille mère que j'étais avait eu tant de mal à mettre en place. Aucun curé, à cette époque-là, n'acceptait de donner un sacrement à un enfant conçu hors mariage, donc hors sacrement. Pas même le curé de ma paroisse de Notre-Dame-de-Lorette. Il avait fallu faire jouer des relations et des amitiés. En prenant soin de ne pas créer trop de publicité autour de la cérémonie interdite, histoire ne pas mettre en danger l'unique prêtre qui avait accepté de la célébrer.

Recommencèrent peu à peu nos déjeuners. Aimables. Puis des dîners à la maison, troublants et troublés. Bientôt osèrent ressurgir les désirs. Plus enfiévrés, plus sensuels qu'autrefois. Un enfant était passé par là; je lui avais malgré tout fait ce don-là, dont il disait rêver depuis longtemps.

Au bout de quelques mois, il se prit à venir voir Paul régulièrement. Il s'attachait à lui. J'acceptais tout. Je ne réclamais rien. Pas d'aide, pas d'argent, pas de reconnaissance officielle. J'avais voulu cet enfant seule, il était normal de l'assumer seule.

2021

Une longue croix sculptée sur un imposant bloc de pierre blanche. Ta tombe est belle et sobre dans le cimetière tranquille de notre village. J'en avais acheté la concession à perpétuité à la mairie à l'âge de dix-sept ans, un jour de vacances dans la maison familiale dont j'ai hérité. Je trouvais ça drôle. Je n'ai eu qu'à faire construire un caveau, à gauche de celui de mes parents. Mes fils ont voulu que ta tombe, notre tombe, soit plus haute que la leur. À côté du tien, j'ai déjà fait graver mon nom.

J'ai choisi la pierre du Sacré-Cœur de Montmartre. Tu aimais monter t'y promener seul, chaque jour, après le travail dans ton atelier tout proche. Tu entrais y réfléchir et te reposer, prier peut-être. Où t'asseyais-tu ? Y restais-tu longtemps ? Y priais-tu aux côtés de ces religieuses que tu me décrivais toujours avec affection au retour ? Et pourquoi, pour qui priais-tu ? Que sais-je de ta vie intérieure, de ta spiritualité profonde ? Rien. Tu m'accompagnais volontiers à la messe et chacune de tes réactions quotidiennes était empreinte de charité. Mais que demeurait-il de ta foi ? Je n'ai jamais osé réellement t'en parler. Par crainte de ton hostilité. Tu étais tellement braqué contre les prêtres de tous ordres. J'en avais été victime comme toi dès l'âge de six ans. Des années durant, j'avais subi les attouchements répétés de mon parrain, prêtre salésien de son état et cousin de la famille, lors des examens de conscience qu'il me faisait faire dans ma chambre, chaque mois, le dimanche après la messe et avant le déjeuner auquel mes parents l'invitaient avec respect et mansuétude. Je ne savais pas pourquoi il mettait la main dans ma culotte après m'avoir assise sur ses genoux, sur son épaisse et longue soutane noire, toujours sale et qui sentait si mauvais. Je savais juste que je n'aimais pas ça, que je trouvais ça dégoûtant. Et je n'en ai parlé à personne. Ma famille l'admirait tant. Quand il a cessé de venir, devenu presque aveugle, j'avais huit ans, j'ai fini par oublier. Peut-être pensais-je que les adultes avaient le droit de se comporter ainsi avec les enfants. On ne m'avait rien expliqué. Et j'ai toujours privilégié les oublis nécessaires, les mémoires à ne pas entretenir. Pour survivre.

J'ai pardonné au parrain Robert, qui a eu plus tard des soucis avec son ordre, justement censé s'occuper de l'éducation des jeunes garçons. Il a été mis en retraite de manière anticipée. Personne dans la famille n'a compris. À dix-sept ans, j'ai enfin expliqué ce qu'il m'avait fait. Mon père ne m'a pas crue. Il a même eu cette réplique insensée en riant : « Tu te vantes ! » J'étais abasourdie. Je me suis tue. J'ai pensé que rien ne pouvait m'atteindre dans ce monde de fous et que rien ne m'atteindrait.

Toi, tu ne pardonnais pas. Toi, tu en parlais encore d'une voix tremblante. Toi, tu ne t'es jamais laissé faire. Et nous n'avons jamais su, jamais pu discuter de notre foi.

1990

Il prit un petit appartement dans la rue même où nous avions déménagé, Paul et moi. Il avait tout à coup décidé de quitter sa femme et de s'installer à nos côtés. Pas à la maison, mais tout près. Je n'avais rien demandé. J'avais du mal à y croire. Sans doute cherchait-il à se tester, à nous tester.

J'ignorais ce qui avait motivé cette décision soudaine. Je savais qu'il aimait cette femme qu'il avait désormais épousée. Je savais qu'il était attaché aux deux enfants qu'elle avait eus d'un premier mariage et qu'il avait élevés dès leur plus jeune âge. Je l'écoutais s'inquiéter de leur moindre rhume ou difficulté scolaire avec tendresse, évoquer leurs problèmes avec gravité. Le faisait-il exprès ? Il devait être déchiré. S'occuper avec une attention si paternelle de la fille et du fils d'un autre, et non du sien. Il m'avait pourtant tellement répété combien il désirait un enfant.

Il resta très peu de temps dans l'appartement où il avait commencé par s'abîmer sérieusement la main en emménageant. La main, essentielle à son travail, à son piano. Il l'avait pris pour un mauvais présage. Ou peut-être s'était-il blessé lui-même pour se punir d'avoir abandonné le foyer conjugal. Je le retrouvai un soir marchant en larmes sur le boulevard Rochechouart, hoquetant de sanglots. J'ai même pensé à ce moment-là qu'il devenait fou. Il n'arrivait plus à parler. Il refusait de me parler.

Je compris qu'il allait repartir dans leur hôtel particulier près du jardin du Luxembourg. Il ne résistait pas à la mauvaise conscience qui le tiraillait. Il était trop fragile et sensible. Laisser une femme à la santé menacée lui était impossible. D'autant qu'il l'aimait, comme leur vie plus brillante, mondaine et intellectuelle que la mienne. J'avais la hantise de recevoir et qu'on s'ennuie chez moi, alors qu'elle accueillait à merveille chez eux les écrivains qu'elle publiait avec un talent reconnu et les artistes, les musiciens que lui admirait. Tous gravitaient avec grâce dans leur salon, commentant sans doute avec brio l'actualité culturelle. Je ne pouvais rivaliser et ne le souhaitais même pas. Malgré les efforts constants que je devais fournir dans mon métier de curiosités, d'ouvertures et de relations à l'autre, je restais une casanière, peu douée pour ces tâches domestiques où les femmes bien éduquées excellent ; comme la cuisine et l'art de recevoir. Je haïssais la cuisine et tout « art » voisinant avec la maison.

J'ignore comment s'est passé son retour. Nous ne nous sommes plus vus durant de longues semaines, puis de longs mois. J'ai attendu. Et je n'ai plus attendu. J'avais le cœur trop lourd. Il m'entraînait par le fond. Alors j'ai travaillé de plus en plus, fait de plus en plus d'émissions de télé, de radio, animé de plus en plus de débats. Je m'étourdissais de succès professionnels pour combattre tous les chagrins. Je savais son couple indissoluble. Je l'avais d'emblée accepté sans me plaindre. Je ne m'étais pas permis une seule fois d'appeler à leur domicile. J'avais seulement cru pouvoir exister à leurs côtés, telle une ombre dans leur ombre. Ignorée de tous et de toutes. Même ça, il l'avait refusé.

Il ne lui avait rien dit de mon existence. Ni de celle de son fils. J'ignorais quel prétexte il avait pu prendre pour la quitter un petit matin et s'installer près de nous. Je n'avais pas posé de questions. Quelque chose peut-être n'allait pas dans leur couple, indépendamment de mon existence. J'ai toujours imaginé que la grande et riche bourgeoise qu'elle était considérait avec condescendance le jeune loup ambitieux, assoiffé de reconnaissance artistique, musicale, sociale qu'il continuait d'être. Qu'elle était dure à sa manière, méprisante, et qu'il se sentait mal à l'aise avec elle, contraint de tenir un rang, un rôle dans un monde qui n'était pas le sien.

Pour ne pas souffrir, je désirais ne rien savoir.

2021

Ces terribles premières fois qui emplissent de mélancolie, noient de regrets de ne pas avoir su goûter des dernières fois qu'on ne soupçonnait pas. Dernier baiser, dernières étreintes, dernier dîner en amoureux, dernières conversations tendres, dernier voyage ensemble, dernier spectacle, dernier concert, dernière promenade, dernière visite au musée, dernières courses ensemble, dernier cadeau.

Si j'avais su, sans doute aurais-je mieux savouré ces ultimes instants avec toi. Remords de les avoir laissés filer dans l'inconscience et l'oubli.

Mais ces premières fois, je voudrais malgré tout les retenir ; pour retarder ces prochaines années sans toi, ce temps devenu aussi banal qu'ordinaire, recommencé sans mémoire spéciale, sans anniversaire, sans première fois.

Premier bain seule, sans te regarder partir nager loin, très loin devant, au large, et admirer ton endurance. Tu chérissais la mer, tu en avais besoin, dès l'été venu. Tu avais eu longtemps un bateau à voile et racontais à tes deux fils fascinés par ton courage comment tu affrontais à trente ans les tempêtes en solitaire et avais une fois risqué la mort en rentrant au port. Nous n'avons jamais connu ce marin-là.

Tu t'étais pourtant pris à aimer ma campagne berrichonne, simple et humble, doucement ondulée et verdoyante. Mais inquiétante, aussi, dès qu'apparaissait la Vallée Noire de la Creuse, plus escarpée; ou, plus à l'ouest, ces étangs sans fin de la Brenne, sauvages et comme figés dans l'espace et le temps. Tu disais qu'elle ressemblait au Perche de ton enfance, à Nogent-le-Rotrou. Tu partais y marcher seul des heures durant, en enregistrer le son des ruisseaux, des pierres sur les sentiers. Tu en connaissais bien des chemins. Je préférais rester lire à la maison. J'aurais dû t'accompagner.

Nous avions en commun le goût de ces paysages pauvres, le goût du silence et d'une certaine magie qui y régnait en secret. Une fois où tu t'étais baigné seul dans la Creuse avec tes lunettes de plongée et que tu avais voulu explorer les fonds obscurs de la rivière, une créature indéfinissable était venue doucement te retirer ces lunettes, m'avais-tu raconté en souriant. Tu ne les avais jamais retrouvées. Une fée ? Tu étais en contact avec de drôles de forces.

Petit dernier d'une famille de sept – chiffre magique, rang magique –, tu étais un peu guérisseur, aussi. Tes mains possédaient un magnétisme qui apaisait, parfois soignait. Tu plaçais ta paume à quelques centimètres au-dessus de l'endroit douloureux ; s'en dégageait une chaleur intense, qui picotait et qui calmait. Quand j'avouais des fatigues, tu me palpais de tes longs doigts de pianiste pour sentir d'où pouvait venir le mal ; et tu le trouvais vite. Tu le caressais alors, tu l'apprivoisais. Et je retrouvais l'énergie. Quand tu jugeais la situation plus grave, tu nous envoyais chez le médecin, tes fils et moi. Tu ne te trompais jamais.

J'ai fait beaucoup appel à tes dons, à tes intuitions. Tu ne t'en vantais pas. Tu n'en parlais pas. Tu proposais juste d'aider. On n'évoque pas ces choses-là. Quiconque les pratique sait qu'il faut les taire par peur qu'elles disparaissent. Tu ne t'es d'ailleurs jamais ému de mes propres pratiques de spirite à l'adolescence, tu riais de ce que je te racontais. Mais t'ai-je tout raconté ? Je craignais de te faire peur avec mes prouesses médiumniques passées et mes talents perdus de télékinésie. Je ne t'ai jamais proposé non plus de conjuguer nos savoirs, de travailler ensemble dans ce monde invisible dont nous possédions toi et moi certaines clés. Toi qui hurlais la nuit parce que les morts t'entraînaient, disais-tu, dans leur royaume. Moi qui de temps en temps, quand je me sentais particulièrement vide, transparente, comme translucide, continuais de voir surgir des murs des scènes du passé ; avec leurs personnages fantomatiques en costumes d'époque qui s'agitaient devant moi sans me regarder, qui vivaient calmement leur quotidienne existence.

Tant de choses que je n'ai pas osées, qui sont restées secrètes et non dites. Aujourd'hui, j'aimerais tant que tu me fasses signe de là où tu es. Tu as le talent pour ça, je le sais. Mais peut-être pas l'envie. Tu es trop gourmand du monde neuf où tu es arrivé. Tu veux l'explorer. Pourtant je t'attends. Tu le sais. Comme autrefois.

1968

Sa première épouse, enceinte de huit mois, perdit leur enfant en mai 1968 en se rendant à une manifestation avec son frère aîné, journaliste au *Monde*. Il n'était pas là quand elle y était partie, mais il lui avait interdit de participer à des défilés devenus trop dangereux pour elle. Même s'ils militaient tous deux ardemment. Devant une charge de police, elle avait dû courir, était tombée, avait été piétinée par des étudiants paniqués, puis bousculée par des policiers. L'enfant mourut dans son ventre.

Il avait fallu longtemps pour qu'il me confie cette perte, cette culpabilité. Il n'avait pu l'empêcher d'aller manifester. Il n'avait pu préserver son enfant. Il disait que ça l'avait rendu fou, qu'on avait dû l'interner. Il n'en parla jamais à ses fils et évitait toujours que j'aborde le sujet. Il avait tout oublié, m'affirmait-il, de la suite des événements, de l'endroit où l'enfant, une petite fille, avait été enterrée. Il divorça quelques années plus tard.

Pourquoi ne pas l'avoir davantage interrogé sur ce qui le fit tant souffrir pendant des années ? Je croyais respecter ses secrets. Mais jusqu'où faut-il accepter les silences de l'aimé ? Pourquoi n'ai-je pas su partager avec lui cette douleur même lointaine ? J'ai pensé que la naissance de nos deux garçons la compenserait. L'horrible et stupide idée. Comme si une naissance pouvait jamais compenser un deuil. Il n'y a pas de balance, d'équilibre entre les peines et les joies. Et sans doute ne l'a-t-elle jamais compensée. Jusqu'au bout de leurs vies, sa première épouse et lui restèrent en contact.

Du temps de notre mariage, il continua même d'aller la voir chaque année quelques jours en Suisse, où elle vivait, sans me permettre de rien lui en dire. Peu avant lui, elle fut atteinte elle aussi d'Alzheimer. Bientôt, sans mémoire l'un et l'autre, ils ne se parlèrent plus qu'au téléphone. C'était elle qui appelait, une infirmière composait le numéro. L'aide-soignante de Louis décrochait et la lui passait. Ils parlaient un long moment, me rapportaient Marilou et Zélia. Que pouvaient-ils bien se dire ?

2021

Ce qui me manque le plus intensément, quotidiennement, peut-être, aujourd'hui, c'est ta main. Prendre ta main dans la rue, au spectacle, au Festival d'Avignon. Pour éviter que mes hauts talons ne s'enfoncent et ne se cassent entre les pavés de certaines rues et ne me fassent trébucher. Pour partager avec toi les vertiges de la scène, de la musique en serrant plus fort ta paume, en caressant tes doigts. Ta main pour que tu m'empêches de tomber ou de trop m'envoler. Pour que tu me retiennes auprès de toi. J'aimais tes mains, que tu soignais davantage que moi. J'aimais que tu portes l'alliance élégante aux trois ors que tu nous avais choisie. Avant moi, tu n'en portais pas. Même mariée à une autre.

Je te l'ai retirée le jour de ta mort pour la mettre aussitôt à mon doigt, derrière la mienne, car elle était trop grande. Puis je l'ai fait rétrécir chez Joseph, notre ami bijoutier de la rue des Martyrs. Elle me protège, me rassure, je la regarde souvent. Mais ce n'est pas ta main dans la mienne. Pas la vigueur, la force de ta main tenant la mienne, guidant la mienne, sauvant la mienne.

1991

Revendiquer quoi que ce soit était inutile. Mieux valait laisser aux maîtresses ordinaires les récriminations et les menaces. J'étais sauvée par mon sublime théâtre intime, mon sens de l'héroïsme et du sacrifice.

Mais à coups de renoncements, j'avais rapetissé. J'avais fini par admettre que je ne valais pas grand-chose, en tout cas moins que l'épouse aimée ; et Paul moins que ses deux enfants.

Nous vivions lui et moi dans le silence et la nuit. Heureusement, il était merveille. S'exprimant très tôt admirablement, à force peut-être de l'amener tout petit au théâtre. Parfois même en pyjama, endormi dans mes bras, quand la baby-sitter était trop en retard ; dans ces cas-là les attachés de presse me laissaient entrer *in extremis* et me plaçaient au fond de la salle. Jamais malade, il sentait sans doute qu'il n'y avait pas la place, pas le temps pour qu'il manque la maternelle, dans ma vie débordée de travail, de piges, d'émissions de radio ou de télé. Il fallait aussi nous entretenir financièrement, payer les nounous du jour et les baby-sitters du soir. Être toujours un petit garçon en forme était sa manière de m'aimer, de me protéger.

Quand arrivèrent ses quatre ans, une consœur que je croyais amie et à qui j'avais avoué un jour de tristesse que j'élevais seule mon fils, que son père était marié, l'a vu un soir venir me chercher. Il devait m'emmener dîner après le tournage du magazine de théâtre que nous animions toutes les deux. À l'observer m'embrasser avec tendresse, elle comprit de qui il s'agissait. Il ne l'avait pas vue, mais ils se connaissaient ; et elle était bien plus proche de sa femme que de moi – ce que j'ignorais. Elle prévint sur-le-champ cette dernière de l'existence de notre fils.

Alors que je m'étais toujours tue, que je n'avais jamais cherché à me rendre visible, que je n'avais jamais prononcé publiquement, même, le nom du père de Paul, il me fallut payer le prix de cette mauvaise confidence. Durant de longues semaines, il ne donna plus de nouvelles, sans que je comprenne pourquoi. Je ne pouvais le joindre au téléphone ; encore une fois, sa secrétaire ne me le passait plus...

Je ne sais s'il a nié d'abord. Ou s'il a tout avoué. Je ne voulais pas savoir. Je n'ai jamais voulu savoir. De toute façon, quelle espèce de vérité me dirait-on, ou quel mensonge ?

Peu de temps après, tandis que j'avais laissé Paul chez ma sœur pour partir un samedi soir voir un spectacle à l'étranger, celle-ci laissa son père l'emmener chez lui, dans l'hôtel particulier de la rue Le Verrier. Je l'avais interdit, il ne me voyait plus que de loin en loin, assez pour ne pas perdre contact avec son fils. Paul fit donc malgré moi connaissance avec l'épouse de son père, qui lui offrit en cadeau un coûteux appareil photo, ridicule pour son âge. Mais c'était le signe que ce rendez-vous était prévu de longue date.

Que comprit Paul de cette rencontre que ma sœur m'avoua avec gêne à mon retour ? Elle avait fini par connaître le père de son neveu et l'appréciait. J'étouffais de dépit, de chagrin, de rage. Mais je dus trouver calmement les mots pour expliquer doucement à mon petit garçon une situation encore confuse dans son esprit et que je n'avais jamais clairement évoquée. Pour Paul, pour moi, pour ne pas risquer de m'effondrer et de l'éloigner d'un père qui ne nous choisissait pas.

Quelques semaines plus tard, après que je l'eus accablé de reproches, son père se risqua même à une insensée proposition. Son épouse offrait d'adopter notre fils. Il m'expliqua combien cette adoption faciliterait, simplifierait et éclairerait les relations avec lui, permettrait qu'il vive un peu avec eux, normalement, et aux yeux de tous. Ce geste était formidablement généreux, il l'admirait.

J'ai cru mourir. Foudroyée sur place. Comment pouvaient-ils tous les deux se jouer de mes souffrances avec pareille bonne conscience et prétendu esprit de charité à l'égard de Paul ?

Je n'avais que mon fils et il faudrait encore que je l'offre en sacrifice à la femme de mon amant ! Que j'apaise leurs âmes à l'un comme à l'autre en leur permettant cette action louable dont leur arrogant milieu vanterait la grandeur. Elle aussi avait donc compris que l'héroïsme était la seule manière de continuer de se faire aimer par un homme tel que lui. En acceptant de partager ce que j'avais de plus cher au monde, je leur permettais de se réconcilier sur mon dos en se gargarisant de leur tolérance et de leur bonté.

Sans même me poser de questions, je refusai aussi sec. Avec mes tripes, mon ventre. Et c'était moi, cette fois, qui décidais définitivement de rompre.

2021

Comment s'est fait le déclic ? Comment, à force d'errer dans l'appartement vide, me suis-je aperçue enfin que je m'étais trompée ? Que tu m'avais férocement aimée, toi aussi ?

À ressentir si fort ton absence et à en être quotidiennement brisée, à m'en vouloir de l'avoir presque trop docilement acceptée, je me suis mise au bout de quelques mois à te prier. À te supplier de m'emplir à nouveau, d'être à mes côtés à nouveau.

Et j'ai éprouvé ta chaleur. Et tu es revenu. En moi, dans mon corps, dans ma tête se sont doucement inscrites tes marques. Ton sourire, ta joie d'être au monde, ta vitalité. Mon existence palpitait à nouveau. Je retrouvais de l'énergie. Je me réveillais. J'étais gonflée de toi. J'avais la certitude que tu m'accompagnais. Et que tu m'aimais, que tu m'avais toujours aimée puisque tu étais là.

Bien sûr, il fallait sans cesse penser à toi pour que tu demeures si proche. Il fallait t'interpeller intérieurement, nourrir le feu de ta présence en me concentrant sur ton nom, ton visage, ton image. Comme une sorcière, peut-être, invoque son beau diable. Mais tu étais là.

Une amie à qui je racontais cette réconfortante expérience intime me dit en souriant que si je t'aimais vraiment, je devrais te laisser partir, ne pas m'accrocher à toi, te laisser libre de t'envoler, ne pas t'importuner. Ses propos m'ont troublée. Je n'y avais pas pensé. Je n'avais pas imaginé que je pouvais t'arrêter sur ta route. M'imposer trop fort, une fois encore. Te harceler, comme autrefois. Ta présence quand je t'invoquais était si chaude, si chaleureuse, généreuse et aimante.

Je me risquais moins à t'appeler de toutes mes fibres. J'avais été encore une fois égoïste, je ne pensais qu'à ma laminante douleur.

M'étais-je d'ailleurs assez préoccupée de celle de nos fils, si pudiques, si discrets dans leur chagrin ? Avais-je assez cherché à savoir ce qu'ils éprouvaient, à les écouter, à partager leur peine, à les aider comme je le pouvais ? Mais avec la maladie d'Alzheimer, ils m'avaient si souvent répété que le père qu'ils aimaient avait depuis longtemps disparu. Tu les appelais « monsieur » depuis tant d'années. Ils en souriaient gentiment, mais cela a dû être dévastateur.

Sans que j'ose t'appeler, tu revenais malgré tout en moi. Le pli était pris. Peut-être parce que j'étais tout entière devenue prière vers toi. M'envahissaient alors une puissance, un élan oublié depuis ta mort. Et tu me soulageais, tu m'apaisais. À travers ton souffle, je percevais désormais autrement notre vie et notre histoire. Je débordais de ton amour.

1992

Je ne le revis plus de longs mois durant. Je lui avais dit que ma situation était invivable, que lui et sa femme abusaient de mon courage, de ma discrétion et de ma bonne volonté : que notre fils n'allait pas, en plus, fédérer leur couple. Je n'étais pas sublime à ce point. C'était terminé ou j'allais en mourir. On aviserait plus tard pour ses visites à Paul. En tout cas, il ne le verrait pas tout de suite.

Il n'avait pas insisté. Il n'avait jamais rappelé. Je devinais qu'il nouait une autre liaison, moins compliquée. Il me le confirma des années après. L'intuition des femmes jalouses est insondable. Car j'étais en plus atrocement jalouse. De son épouse comme des autres. Mais à quoi aurait servi de le lui dire ? Cela n'aurait rien changé et n'aurait fait que m'humilier davantage. L'aimer, c'était l'accepter pour ce qu'il était.

Des mois plus tard, il m'envoya encore un de ses spectaculaires bouquets. Sans un mot.

Il pensait à moi sans doute. Je ne me manifestai pas. J'essayais de tenir bon, même si toute la journée je guettais sur mon répondeur le moindre appel, au courrier la moindre lettre – les amants s'écrivaient encore en ce temps-là.

Comment ai-je tenu ? En m'enivrant comme toujours de travail. Pour ne pas offrir à Paul l'image d'une mère larmoyante, mais dynamique, mais forte, mais amoureuse de culture et de son métier. J'avais aussi des aventures. Et pour ne pas être trop seuls, nous allions dormir chaque week-end chez mes parents, rue La Fontaine.

Mon père s'était attaché à Paul, le seul petit-fils à porter son nom, après tout. Il lui inventait des histoires pour l'endormir, des jeux pour le distraire; il le promenait sans fin et l'exerçait dès qu'il le pouvait au calcul mental, aux mathématiques, sa passion. Avec ma mère, ils nous ramenaient le dimanche soir en voiture après avoir acheté nos courses pour la semaine. Mon père s'occupait de tout, des travaux à faire et à surveiller dans mon appartement; et même de certains dossiers, encore, que j'avais à traiter au journal. Il me préparait de la documentation, m'écrivait des résumés. Il avait pris lentement la place du mari, je laissais faire tristement. J'étais épuisée d'aimer.

Mes parents me regardaient souffrir comme une bête amoureuse. Ils estimaient mon attitude coupable, ma situation répréhensible, mais ils me trouvaient courageuse et ne me posaient pas de questions ni ne me faisaient de reproches. Ils m'aidaient du mieux qu'ils pouvaient.

2021

J'observe tes cendres sur l'étagère de notre chambre, avec ces lunettes qui recomposent étrangement ton visage rieur sur le pot d'étain rond. Tu m'as offert ton corps. Tout au long de notre vie commune, tu m'as dit et répété en riant que je pouvais en faire ce que je voulais après ta mort : il m'appartenait. Tu n'avais pas de dernières volontés, juste mes dernières volontés.

Tu m'aimais donc aussi fort que je t'aimais. Je le sens en regardant ce qu'il reste de toi et que tu m'as donné sans hésiter. Toi. Je n'ai rien compris, j'avais tout faux, embourbée que j'étais dans mes souffrances mystiques et mon génie de la tragédie, ma passion du théâtre et des héroïnes sublimes. Celles qui se sacrifient et qui en crèvent.

Tu as été le spectateur impuissant de ma folie à mettre moi-même en scène mes douleurs. Tu devais me regarder, impuissant, en train d'en jouir malgré moi. Sinon, je n'aurais pas eu ce courage forcené. Sinon, je n'aurais pas pu indéfiniment t'attendre. J'avais une certaine idée de l'amour et je lui obéissais obstinément. En possédée de la passion et du sexe.

Quelle idiote j'ai été, de ne pas voir que tu m'aimais plus simplement. Que tu redoutais peut-être qu'en rompant mon théâtre amoureux et mes sublimations, j'en vienne à moins t'aimer. M'aimer et se faire aimer de moi, c'était sans doute se condamner à me faire mal.

C'est vrai que tu étais doué, que tu savais faire. Mais c'était moi sûrement qui t'y obligeais. Comme je devais te faire peur avec ce fatras barbare, ce sauvage cirque intérieur. Ce sont eux qui t'ont si longtemps éloigné de moi. Par crainte de t'y brûler.

Tu es cent fois parti, cent fois revenu. Mon amour était si total, si inquiétant dans son absolu. Tu as fini par rester. Tu as même proposé de m'épouser. Sans que j'aie rien demandé.

1991

Mes parents avaient accepté de garder Paul. Je ne leur avais pas dit que je partais avec son père, qu'une fois encore je m'étais réconciliée avec lui, avais succombé au vertige de lui, avais pardonné l'histoire de l'adoption. Ils auraient refusé. Ils étaient plus fiers que je ne l'étais. Mon père méprisait sa lâcheté. Ma mère prenait toujours, contre moi, le parti de l'épouse trompée. J'avais prétexté un reportage au Sénégal, où il désirait enregistrer les sons de Dakar pour une prochaine exposition à Rio et un disque à venir sur la musique intime et concrète des grandes métropoles d'est en ouest, du nord au sud. Il était le premier à avoir l'idée de pareille exposition, pareil disque pour confronter entre eux les bruits, rumeurs et sonorités du monde. Comment, sur la planète, ils sonnaient de ville en ville. Il aimait les villes, autant de compositions sonores qu'il faut écouter, analyser, comprendre, disait-il. De gigantesques salles de concert dont on aurait ôté le toit.

À peine avions-nous débarqué à Dakar qu'il s'évadait dès l'aube du lendemain avec son magnéto et ses micros, me promettant de revenir quelques heures plus tard. Il mêlait toujours son travail à nos amours, c'était le prétexte qu'il se donnait pour éviter les remords. Comme à son habitude insouciante, il n'avait prévenu aucune autorité qu'il allait chasser les sons dans les rues ; il détestait ce genre de démarches administratives ; il préférait improviser. Il se fit évidemment très vite repérer, puis arrêter par la police municipale. Il resta jusqu'à minuit au commissariat pour des contrôles et des vérifications.

J'étais sans nouvelles. J'attendais avec de plus en plus d'inquiétude. S'était-il fait agresser et voler son matériel ? tuer, peut-être ?

Il réapparut tout sourires après minuit et m'expliqua gaiement ses mésaventures au poste. Pas une seconde il n'avait imaginé les heures angoissées que je venais de traverser.

Le lendemain, nous partîmes tôt le matin au bord de l'océan, dans une ravissante station balnéaire pour touristes occidentaux. Il y avait réservé un hôtel magnifique qui donnait sur une plage de sable blanc, couverte de chic parasols brun foncé. Mais nous avons passé plus de temps dans notre chambre à nous repaître enfin de nos corps que sur la plage. Nous déjeunions et ne dînions que de brefs moments dehors, sur le sable toujours chaud où se baladaient des crabes.

À peine le repas avalé, il s'éloignait pour téléphoner deux fois par jour à la femme laissée à Paris mais omniprésente dès que nous n'étions plus l'un dans l'autre. Il m'expliquait qu'il lui fallait prendre des nouvelles et en donner. Inventer des travaux, une mission à remplir.

Lorsqu'il réapparaissait après avoir longuement parlé – bien plus qu'à moi lorsqu'il m'appelait –, je n'osais rien dire, sauf hasarder une question, peut-être, sur la santé de la fausse absente.

Pâle, il murmurait doucement sans me regarder que mentir était douloureux.

2021

Je suis assise sur ta tombe, notre tombe, en plein soleil. C'est l'été. Le cimetière est vide. Je me suis installée du côté où est ton urne bleu roi et j'embrasse doucement la pierre, de ces petits baisers tendres et enfantins que tu aimais à la fin de ta vie. Il paraît que la pierre de Souppes que nous t'avons choisie reste blanche ; le Sacré-Cœur n'a jamais été ravalé. La pluie suffit à le nettoyer. Notre tombe restera toujours claire et lumineuse malgré les ans.

Je te rends tous les jours visite lorsque je suis dans notre village. Je te demande silencieusement si tu t'entends bien avec tes compagnons de cimetière, s'ils ne t'agacent pas. Et mes parents, à côté de toi, te laissent-ils en paix ? Encore un baiser au coin de la croix.

Parfois je m'allonge carrément dessus, pose mes bras comme le Crucifié, fixe le ciel de longs instants. Intimité minérale, illusion d'étreinte, solitude partagée. Je me fiche que quelqu'un me voie et me regarde. Sur le pâle tombeau, le temps paraît suspendu.

Pourquoi suis-je là plus qu'ailleurs, puisque de toute façon ta pensée ne me quitte pas, que tu es continuellement à mes côtés et qu'une moitié de tes cendres demeure aussi à Paris dans ce qui fut notre chambre ? Et les cendres de quoi ? De ta tête, de ton tronc ? Et sous mon corps étendu sur la pierre, dans l'urne bleue, tes jambes, peut-être, et tes bras ? À moins que ce ne soit l'inverse ? J'ai si peu l'impression que tu es sous terre.

Je me relève brutalement et repars très vite à la maison. Souvent, je refais lentement, comme en pèlerinage, ces courtes promenades dans les rues et alentours du village, et au cimetière toujours, que nous faisions tous les deux lors de nos derniers séjours ensemble. Tu aimais bien notre cimetière. Tu savais que tu y reposerais avec moi. Tu le trouvais calme. Il te plaisait.

Tu ne pouvais plus marcher longtemps. Tu te fatiguais vite dans nos ruelles et te croyais partout dans le Nogent-le-Rotrou de ton enfance. Tu me citais le nom des habitants des maisons devant lesquelles nous passions, des parents ou des amis, tu me demandais à aller les saluer. Je répondais doucement qu'ils n'avaient pas l'air d'être là, que leur voiture n'était pas garée devant la porte, que nous irions les voir une autre fois.

Je voudrais aujourd'hui avoir des pensées fortes sur toi, sur notre vie, des fulgurances, des intelligences, de hautes considérations à partager, et je n'en ai aucune. Je ne suis capable de réfléchir à rien. Je ne sais que ranger, regarder sans fin les vêtements de toi qui me restent, changer tes livres et tes objets de place dans la maison du Berry, me réjouir de jeter certains des miens, de faire le vide pour laisser aux tiens plus d'espace.

Je voudrais me souvenir et finalement je me souviens de si peu. Vingt-cinq ans j'ai vécu heureuse avec toi, dix-neuf ans j'ai désiré notre vie commune – quarante-quatre ans à être obsédée, hantée de toi – et je peine aujourd'hui à retrouver les instants décisifs et lumineux de notre existence à deux. Je reste sidérée. Comment suis-je faite pour ne pas avoir su garder en moi ces moments de bonheur qui ont forcément existé et que j'ai forcément vécus dans la joie de l'accomplissement ?

Tu étais doué pour le bonheur, toujours gai, surpris de tout, curieux de tout, fasciné par la vie et les gens, ne voyant que le meilleur en chacun, prêt à toutes les aventures, à tous les départs. Pas moi. Et tu n'as pas pu me convertir à tes enthousiasmes toujours recommencés. Tu n'as même pas pu faire cicatriser les blessures que j'avais endurées pour toi.

Peut-être eût-il mieux valu que je ne t'attende pas désespérément, comme je m'en étais toujours fait gloire. À quoi bon, si c'était pour être à jamais inconsolable, même dans la passion exaucée ? À quoi bon, si c'était pour toujours, secrètement, te reprocher notre passé, garder cette plaie, en moi, toujours à vif.

Comme j'ai dû te faire souffrir, malgré moi. Comme j'ai dû être pesante, toujours inconsciemment persuadée que tu ne m'avais jamais vraiment choisie. Toutes les années de notre mariage durant, tu avais pourtant fait table rase de l'autrefois. Tu t'étais consacré à nous, à moi, à nos fils. Avoir été une amante héroïque servait à quoi, si je m'étais révélée incapable de jouir du présent que tu nous avais offert si généreusement.

1993

Je suis seule avec lui dans sa chambre de l'hôpital militaire du Val-de-Grâce. Je tiens dans la mienne sa main fatiguée et lasse. C'est le jour de mon anniversaire. Mon père l'a oublié. J'en ai de la peine. Je suis la dernière de ses trois filles, je me croyais sa préférée.

Il ne parle plus guère. Son cancer du pancréas a été foudroyant. Il est jaune et squelettique sur le lit blanc. Il observe le plafond. Ou obstinément un crucifix en face de lui.

J'ai toujours espéré qu'au seuil de mourir il me dise des phrases essentielles, m'avoue des secrets. Si l'officier qu'il était avait torturé ou tué en Algérie où nous l'avions toutes suivi, ma mère, mes deux sœurs aînées et moi, à la fin des années cinquante et jusqu'à l'indépendance; où j'avais mes premiers souvenirs d'enfance ensoleillée mais inquiète. Confesserait-il avoir trompé ma mère, encore, et avoir eu une vie cachée, lui aussi, un enfant, lui aussi ?

Comme à chaque visite, j'attendais silencieusement qu'il se délivre avec confiance. Je caressais cette main à laquelle ressemblait tant la mienne. Et voilà qu'il tourne lentement vers moi son visage décharné, me regarde avec dureté et me demande de lui faire un serment, là, maintenant, tout de suite. Lui jurer de rompre avec celui qui ne m'avait jamais choisie ; et de ne surtout pas avoir de deuxième enfant avec lui. Juste ces mots-là. Il ne m'a dit que ça.

J'ai lâché sa main, je me suis levée et, toute raide, je lui ai répondu d'une traite et d'une voix tremblante qu'il n'en était pas question, jamais, qu'il n'avait pas le droit de me demander pareille chose. J'ai pris mes affaires, il n'a rien ajouté, ses yeux vides me suivaient. J'ai quitté la chambre sans me retourner, et claqué violemment la porte.

Je ne l'ai plus revu vivant. Je suis partie le soir même au Festival d'Avignon et ma sœur m'a annoncé sa mort un matin à l'aube, quelques jours plus tard.

Je n'ai jamais regretté mon geste. Même si je savais combien il détestait le père de Paul de m'avoir fait souffrir. Il m'avait trop vue souffrir.

Quand j'avais annoncé à ma mère ma grossesse – je n'avais pas osé la lui annoncer à lui –, il était tombé malade. Il s'était d'abord couché. Puis il avait renoncé à manger et ne voulait plus se relever. C'est son confesseur, un dominicain, qui l'y avait décidé, au bout de quatre jours de jeûne, alors que ma mère l'avait appelé pour qu'il vienne chez eux tenter de le convaincre. « Mon cher Jean, on ne refuse pas un enfant de Dieu », lui avait-il simplement dit.

Mon père m'avait acheté une alliance à porter l'été, dans notre village, quand j'y passais les vacances avec Paul. Il fallait dissimuler à ses administrés – il était maire – que j'étais une mère sans mari. Je n'ai jamais porté l'alliance. Je l'ai jetée.

2021

Alors que tu étais mort depuis plusieurs mois, j'écoutais à la radio, couchée dans mon lit, dans le noir, l'hommage que te rendait France Musique. Tu avais dirigé la chaîne de 1975 à 1977; des années de fièvre et de modernité furieuse où, entre multiples innovations, tu avais mêlé pour la première fois à l'antenne toutes les musiques de tous les continents du monde, d'hier à aujourd'hui. Et ne plus diffuser exclusivement ces grands morceaux classiques, surtout romantiques, comme le faisaient tes prédécesseurs.

Une révolution sonore et forcément politique, puisque étaient conviés à parler de leur art et de leurs conditions de travail les musiciens de toute la planète, régimes totalitaires compris. De quoi agacer jusqu'à la présidence de Valéry Giscard d'Estaing, inquiète de possibles conséquences diplomatiques. Et bizarrement certains grands esprits, tel Jean-Paul Sartre, affirmant bêtement dans un entretien au *Monde* ne plus pouvoir écrire et travailler en paix avec en sourdine ces sons trop incongrus...

Fringant et rebelle patron de France Musique, tu n'étais pas non plus avare de provocations. Revendiquer le titre de « rédacteur en chef », par exemple, comme dans un journal : une anomalie dans une station de radio non soumise à l'information. Tu débarquais alors avec fougue et hauteur du quotidien *Le Monde*. Tu y étais peu à peu devenu chef du service culture, après tes études au Conservatoire national de musique. Il fallait bien vivre et savoir juguler ses passions. Ce titre de « rédacteur en chef » signifiait en plus pour toi cette écoute connectée à la vie, à l'actualité de la musique et inévitablement de la société que tu recherchais. Tu roulais aussi à l'époque à toute vitesse dans de somptueuses Jaguar d'occasion.

Le gouvernement de Valéry Giscard d'Estaing ne pardonna pas au flambant soixante-huitard que tu étais resté d'avoir diffusé, le 14 juillet, « Le déserteur » de Boris Vian, chanson jugée antipatriotique et interdite d'antenne de 1958 à 1962. Après ce « crime national » et bien d'autres audaces et défis artistiques, tu choisis finalement de démissionner. Face à tes trop originales initiatives radiophoniques, la direction de Radio France t'avait en effet imposé un contrôle financier. Un matin, tu découvris avec rage que tu n'avais plus la signature autorisant la moindre production. Une heure plus tard, tu remballais tes affaires et quittais pour jamais ton bureau. Nombre de producteurs te suivirent.

Le premier hommage que te rendit France Musique, cette nuit-là, fut la rediffusion de deux grands entretiens avec Claude Maupomé. Ils dataient de 1983. Je reconnus à peine ta voix, d'habitude enjôleuse et séductrice. Derrière le micro, un arrogant spécialiste au timbre grave distillait ses considérations musicales avec condescendance vis-à-vis de son intervieweuse.

Un choc. Cette voix pédante aux intonations maniérées suintait la volonté d'appartenir à on ne sait quelle chapelle de sachants et d'initiés. De s'élever dans le gotha d'une élite intellectuelle et artistique. Je ne pus t'écouter jusqu'au bout. Ce snob insupportable n'était pas l'homme que j'aimais.

Tout à coup, je réalisais combien tu t'étais libéré après notre mariage – sans doute grâce à l'âge, au temps, à tes deux fils et moi qui t'admirions tant – de toute une intelligentsia parisienne conventionnelle et convenue qui acceptait mal ton intelligence rieuse. Mais le jeune provincial de Nogent-le-Rotrou que tu étais avait d'abord été ébloui par elle et avait eu du mal à se détacher de son emprise. En somme, j'avais aidé à ta révolution culturelle. Mon amour t'avait conforté dans tes talents. Tu avais eu raison de m'aimer.

1994

Je ne croyais plus à la gravité de la maladie de son épouse. Je m'étais habituée à ce cancer qui apparaissait et disparaissait si étrangement, alors qu'il le décrétait incurable. Il ne les empêchait pas de partir en vacances, de sortir, de recevoir, de voyager à l'étranger. Je pensais parfois qu'il n'était qu'un prétexte à m'éloigner de sa vie, à m'accorder peu de temps. Nous ne nous voyions qu'une fois par semaine ; tôt chez moi ou avant qu'il ne rentre dîner chez eux. Jamais plus d'une heure, jamais une nuit, juste le temps de faire l'amour vite et bien. De m'enivrer le corps. Peut-être voyait-il aussi d'autres femmes ?

Il paraissait de plus en plus inquiet. La révélation de l'existence de Paul avait évidemment abîmé leur couple. Je lui avais pourtant répété durant des années qu'il était vain et cruel qu'elle le sache puisque, de toute façon, il ne la quitterait pas. Mais les mauvais ragots de ma consœur journaliste et la confirmation qu'il en avait donnée avaient visiblement lacéré leur quotidien. Elle l'avait appris à ses deux enfants, qui vivaient encore chez eux, et à leurs amis intimes. Tous avaient violemment réagi contre lui et le considéraient responsable de la rechute du cancer.

À demi-mot, il me décrivait un enfer. Qui le poussait à s'occuper d'elle bien davantage encore. Mais désormais sous les insultes et les quolibets de sa compagne. Elle ne lui pardonnait rien. Elle ne comptait pour rien qu'il la soigne avec un dévouement exemplaire. Il l'avait trahie. Et se réjouissait comme un minable petit-bourgeois, lui soufflait-elle, de la naissance d'un marmot.

Il acceptait tout sans broncher. L'injustice de sa femme me faisait mal. Lui avait-il retiré quoi que ce soit en m'aimant si vite et si peu ? Je vivais dans leur ombre depuis quinze ans sans avoir rien exigé.

Après l'été, que je passai comme d'habitude seule avec Paul et ma mère dans notre maison berrichonne, il espaça toujours plus ses visites. J'attendais désespérément qu'il me téléphone ; je filtrais les appels avec mon répondeur de crainte de le rater en répondant à des importuns. Le pire était l'attente du dimanche soir. Parfois, il m'appelait du bureau niché tout en haut de leur hôtel particulier. Quoi qu'il arrive, je veillais à rester près de l'appareil. Paul devait sentir, éprouver mon attente.

Elle était réellement malade. Et elle est morte en décembre. À l'hôpital. Lorsqu'il me l'a annoncé, d'une voix blanche, en sanglotant, son désespoir m'a glacée. Que pouvais-je faire sinon tenter de le persuader que sa conduite avait été magnifique et qu'il l'avait magnifiquement aimée jusqu'au bout ? Je le lui ai dit et répété d'une voix tendre. Il ne m'entendait pas, ne m'écoutait pas et ne me demandait rien. Rien d'autre, je le devinais, que mon silence en cet instant précis et plus tard mon absence. Que je le laisse face à sa perte, immense. À son deuil, terrible. Il refusait un soutien qui offensait celle qui venait de disparaître.

J'ai tout de suite pensé que la mort de l'épouse signait celle de l'amante. Nos destins étaient liés dans un même malheur. Pour revivre, il avait besoin de nous enterrer toutes les deux.

Après les funérailles à Saint-Étienne-du-Mont, où il avait fait venir les meilleurs de ses amis musiciens pour rendre hommage à l'amour défunt, toute la famille et les proches l'ont ostensiblement tenu à l'écart et lui ont vertement signifié leur écœurement, voire leur mépris, m'a raconté un des seuls proches et témoins que j'ai osé questionner et qui en avait été choqué.

Je n'eus plus de nouvelles que de loin en loin. Vagues et floues. J'appelais à son travail sans pouvoir le joindre. Je sentais qu'il voulait m'effacer, qu'une autre femme était déjà dans sa vie, qui l'attendait aussi, l'aidait mieux peut-être. Une autre, qui rayerait de sa présence neuve tous ces gâchis.

2021

Pourquoi ce besoin de porter continuellement tes pulls, ces cachemires épais et doux que je t'offrais l'un après l'autre ? Tu étais coquet. Tu avais le goût des matières et des formes. Comme dans les musiques que tu composais.

Je les ai d'abord passés à grande chaleur à la machine à laver pour les rétrécir et les adapter à ma taille ; puis j'ai commencé aux lendemains de ta mort à les revêtir religieusement. Ils me protégeaient de ta disparition. Tu étais toujours là. Sur moi. Nos fils n'en avaient voulu aucun, ni mettre le moindre de tes vêtements. M'en voir affublée devait les surprendre, mais ils n'en disaient rien. Heureusement, ils avaient oublié le pull jaune paille dans lequel tu es mort. Trop choqués et tristes, sans doute. Je l'ai porté quelques heures plus tard, je le porte souvent. Tel un talisman qui conserve, préserve tes dernières minutes de vie. Je l'enfile chaque fois avec attention et tendresse, j'ai l'impression que mon amant perdu me caresse.

Pourquoi aussi ce besoin nouveau de retailler pour moi certains de tes pantalons, de tes manteaux, de tes costumes ? Tu avais coutume d'aller faire retoucher des ourlets, des longueurs de manches chez un tailleur indien dans une rue proche de chez nous. Tu l'appréciais. Sa boutique est restée minuscule et sans apprêt, souvent en désordre ; trois couturiers à la chevelure aile de corbeau s'y affairent sans lever la tête derrière leur machine à coudre. Comment avais-tu déniché cette modeste échoppe, quand tant de retoucheurs affichaient leurs activités dans les lieux chic et branchés de notre quartier ? Ton amour des voyages, même à Paris, et des timbres, des voix différentes surtout, dès que te parlait l'un des trois hommes.

Nous étions souvent allés chez le tailleur indien, du temps de ta maladie. Tu ne cessais de maigrir. Il fallait continuellement ajuster tes vêtements ou t'en acheter d'autres. Mais aller dans les magasins devenait compliqué. Tu ne savais plus choisir, tu ne parvenais pas à te décider, tu impatientais les vendeurs. Je n'avais pas toujours la force d'affronter pareil périple, d'expliquer, d'excuser tes réactions parfois imprévisibles. Le tailleur indien, lui, t'aimait bien. Il ne disait pas grand-chose quand nous débarquions chez lui, à petits pas lents. Il s'exécutait dans un sourire, il comprenait tout.

Il a tout compris encore lorsqu'il m'a vue débarquer avec tes pantalons, tes vestes, un manteau, que j'ai essayés devant lui pour qu'il les recoupe. Ses deux couturiers m'observaient sans mot dire. Je voyais dans leur regard qu'ils ne me jugeaient pas, que ma démarche, peut-être, les émouvait. Il me sembla, dans l'étroite boutique encombrée, que nous partagions tous les quatre une autre relation à la mort. Une manière commune de vivre avec.

Je sais que tu t'amuses de me voir aujourd'hui habillée de tes vêtements. Tu t'amusais de tout. Tu t'étais libéré de toutes les conventions. Tu acceptais mes excentricités. Tu disais que je pouvais tout me permettre, tout oser.

1995

Il ne venait plus nous voir. Il ne se remettait pas de sa mort.

Maintenant qu'il est parti, lui aussi, je comprends dans ma chair combien vivre ce deuil dut être dur pour lui, rongé de culpabilité comme il l'était. Et d'amour, aussi.

Je le laissais vivre son chagrin. Je savais que je ne trouverais pas les mots pour l'aider et qu'il ne me laisserait pas les trouver. Je devais lui faire horreur. Et notre histoire. Heureusement, il ne cessait de travailler et son talent de designer sonore, d'être partout reconnu ; depuis 1993 résonnait ainsi dans toutes les gares de France le guilleret et si subtil jingle en quatre notes qu'il avait composé pour la SNCF, histoire de prévenir les voyageurs de l'arrivée ou du départ des trains.

Paul ne posait pas de questions sur l'absence de son père. Il était mon soleil, peut-être cela, pour l'instant, lui suffisait-il. Nous vivions tous les deux en absolue symbiose et je guettais fiévreusement dans ses traits des ressemblances naissantes. Il était la coqueluche de mes amis homosexuels qui le comblaient d'attentions, et mon parfait compagnon.

Les jours passaient, privés de lui. En plus de mes activités au journal, j'enchaînais avec boulimie les émissions de radio, de télévision, les portraits d'acteurs et metteurs en scène en collaboration avec l'INA. Je m'étourdissais de travail. Comme j'avais cessé de quémander ses visites, il ne venait plus. Je ne lui téléphonais plus et il ne me téléphonait plus. L'absence s'était installée. Je savais qu'il lui faudrait du temps. Je me taisais pour respecter son mal, le laisser le vivre. C'était devenu ma seule façon de l'aimer. Mais j'avais la sensation d'être un zombie qui errait dans le quotidien sans s'accrocher à rien. À notre fils seulement. Et je me suis offert bien des amants pour rester désirable, continuer de le séduire plus tard, peut-être.

L'amour de Paul et aller chaque soir au théâtre me maintenaient debout. Me perdre et me retrouver dans d'autres histoires, l'occulter le temps de la représentation et rêver à d'autres, sur scène devant moi. Lier amitié et complicité secrètes avec ces autres-là. M'immerger, me perdre dans leur fiction, partager les sentiments de ces si proches fantômes qui m'adressaient des signes complices par-delà leur prétendue irréalité. Je me fondais dans leurs songes avec la naïveté, la crédulité de spectatrice que j'ai toujours gardée. Le théâtre chaque soir me rapiéçait, me réparait.

Je pouvais si peu parler à mon entourage. Tous m'accablaient de leurs conseils raisonnables. Ou me traitaient d'idiote. Qu'il me donne si peu de nouvelles prouvait combien je lui importais peu, et son enfant avec. Je devais me rendre enfin à l'évidence. Enfin. Me ressaisir. Enfin. Moi qui étais d'ordinaire si forte. Et renoncer, et oublier, et passer à autre chose ! J'étais jeune encore. Bon sang ! Et belle, et intelligente. C'était la première fois qu'on me l'affirmait avec pareille certitude.

Alors je me taisais, fatiguée de ne pouvoir rien partager de cet amour incompréhensible à quiconque ne l'avait pas éprouvé. Il me fallait beaucoup d'énergie et de volonté pour rester l'héroïne sublime de cette tragédie-là. Accepter de m'y abandonner secrètement tel un acteur à son rôle, un croyant à son dieu, pour mieux rayonner ensuite. Devant les autres, devant l'infini. Devant lui, peut-être.

Il revint. Des mois après. Je ne sais plus. Son absence avait aboli le temps. Comme toujours, il avait envoyé un anonyme bouquet de roses rouge sang. Puis il avait téléphoné, quelques jours plus tard. Sans le moindre reproche et comme s'il ne s'était rien passé, j'avais accepté de le revoir. J'avais pour lui des patiences que je n'ai jamais eues pour personne.

Il ne s'est expliqué de rien et je n'ai demandé aucune explication. Je me suis seulement inquiétée de sa peine, de la manière dont il vivait à présent. La succession de sa femme avait été difficile. Peu lui importait. Je n'osais aucune question, aucun commentaire, j'écoutais, je savais que la moindre réflexion pouvait l'irriter. Faire qu'il ne revienne jamais. J'étais une funambule. Je marchais sur la corde raide de notre relation passée, présente, à venir. Elle pouvait à tout moment se rompre.

Il passa de plus en plus souvent voir son fils. Il l'emmenait faire des balades à vélo ou se promener au parc de la Villette et à la Cité des sciences. J'avais l'impression que sa vie était chargée de dîners et de sorties. Les meilleures amies célibataires de l'épouse disparue rivalisaient d'attentions, après l'avoir si cruellement montée contre lui, et contre moi. Les meilleures amies sont impitoyables.

Comment avons-nous recommencé à nous aimer ? J'ai dû, un soir où il ramenait notre fils, me serrer plus fort contre lui, pencher doucement la tête sur son épaule, sans rien dire.

2021

Si peu d'images me restent du bonheur. Si peu de choses. Ou alors des détails. Des bribes d'instants. Et des regards que tu m'adressais, cette façon que tu avais aussi de prononcer mon prénom comme je ne l'avais jamais entendu et qui m'électrisait à chaque fois, comme si je n'arrivais pas à croire que tu puisses enfin m'appeler. Tu étais le premier à vraiment m'appeler. Me nommer.

Le bonheur a glissé et je n'ai pas su le retenir, l'incruster dans ma mémoire. Tout allait trop vite. C'était pour nous des temps d'heureuse frénésie et d'accomplissement professionnel. Tu courais l'Hexagone pour y créer tes installations sonores. Après la fabuleuse « clepsydre » de la Villette qui marquait le temps en musique aux pieds de la Géode, ton envoûtante composition méditative pour le Mont-Saint-Michel au crépuscule, « Le jardin de la Plaine-mer »...

En 2005, Bruno Patino, alors patron du journal, me nommait quant à moi directrice de la rédaction de *Télérama*, mon rêve depuis toujours. J'y installai une nouvelle équipe de direction, impulsai le site numérique, montai une radio, développai la vidéo, défendis ambitieusement un *Télérama* global « en trois dimensions, qui se lise, s'entende, se voie ». Tout n'a pas marché. Mais tu me poussais dans mes audaces. Nous étions tous les deux amoureux de nos métiers et du travail.

Il y eut entre nous peu de disputes. Seulement tes interminables silences quand tu refusais avec hauteur de renvoyer la balle à des interrogations, des jalousies, des reproches selon toi déplacés. Plus de quarante ans d'amour fou et tant de trous dans notre vie ensemble. Les gens heureux n'ont pas d'histoire, comme on dit. Mais je m'en veux de cette absence de souvenirs, j'en pleure doucement. J'aurais tant besoin d'en convoquer un, au moins, pour m'y réchauffer.

Il y avait pourtant eu vingt-cinq années au quotidien, vingt-cinq Noël, vingt-cinq réveillons, vingt-cinq vacances d'été, vingt-cinq anniversaires fêtés, de toi, de moi, de nos deux fils, vingt-cinq Saint-Valentin que tu célébrais rituellement en m'emmenant dans les meilleurs restaurants. Et tant de petites escapades encore, tant de séjours dans notre campagne berrichonne que tu aimais, que tu parcourais à pied des jours entiers. Tant de concerts, aussi, de pièces de théâtre, d'expositions qui nous ont ennuyés ou emportés.

Nous aimions trop l'éphémère pour fixer l'instant. Toi et tes installations ou tes logos sonores, fragiles et rapides, toujours à réinventer à partir de rien. Moi et ces spectacles de théâtre qui n'existaient que le temps de la représentation. Si je n'avais pas oublié toutes les tragédies grecques, les Shakespeare, les Molière, les Racine, les Marivaux, les Musset, les Hugo, les Tchekhov, les Brecht que j'avais vus, comment aurais-je pu les revoir dix fois, vingt fois encore avec tant de joie ? Par amour de l'essentiel présent du théâtre, j'ai façonné ma mémoire à la perte. Pour mon travail de critique, je devais revoir *Œdipe*, *Les Atrides*, *Phèdre*, *Tartuffe*, *Hamlet* ou *Oncle Vania* comme si je ne les connaissais pas, comme si c'était la première fois. Puis les effacer de mon esprit. L'amnésie était la garantie de mon plaisir et de mon métier. Elle a envahi ma vie.

Mais je t'ai perdu, aussi, avec cette gymnastique professionnelle, j'ai perdu le contrôle de notre histoire. Elle m'apparaît désormais si courte, si fugitive. Rien à quoi me raccrocher. Que ta maladie. La douceur de la maladie. Et si c'étaient ces derniers moments que j'avais préférés ? Quand tu étais si tendre, si malléable, quand tu t'accrochais enfin à mon bras et ne dépendais plus que de moi ? Quand tu me trouvais si belle et me le répétais à satiété ?

J'ai honte de ne privilégier dans ma tête anesthésiée que tes ultimes moments de faiblesse. Quand tu n'étais plus vraiment toi. Quand t'avaient lâché ton ironie et ton insolence.

Plusieurs mois après ta mort, à la fin de l'été, le patron de France Musique, Marc Voinchet, voulut te consacrer encore un hommage, toute une nuit durant, de minuit à 7 heures du matin. Près de cinquante ans après ton passage à la direction de l'antenne, ton souvenir là-bas restait vif.

J'avais été déçue de la première rediffusion de certaines de tes interviews. J'ai été fière, cette nuit-là, de t'écouter comme si tu étais lové contre moi, au cœur de notre lit vide. Réentendre vibrer ta voix dans sa souplesse, ses tempos, ses pauses, ses accélérations, ses sourires, ses humeurs était tellement plus troublant que regarder une photo figée. J'en avais des frissons.

Dans les entretiens choisis par le producteur de l'émission, tu débordais d'imagination et d'humour. Tu racontais ton travail de designer sonore avec une simplicité magique. Rien qu'en suivant tes propos, on redécouvrait avec toi ces sons du quotidien auxquels tu rendais leur âme.

Tu confiais encore créer ta musique en dormant, tout te venait en dormant. Et je me souvenais combien tu étais intraitable sur la qualité de nos nuits, sur l'urgence de ton sommeil et de tes rêves, que tu notais au petit matin, que tu disais même t'exercer à diriger à l'aide d'une méthode acquise du temps de ta psychanalyse. Car tes rêves faisaient jaillir tes idées, te permettaient de composer. Tu nous les racontais d'ailleurs volontiers au petit-déjeuner. Souvent des histoires homériques, des combats titanesques qui émerveillaient tes fils.

Cette nuit-là avec toi sur France Musique fut splendide. Je comprenais pourquoi j'avais été si amoureuse et je l'étais encore à t'entendre. Mais, bizarrement, cette voix mélodieuse dont tu jouais à merveille ne me surprenait pas sortant du poste. Elle ne me troublait pas autant que je l'aurais cru, six mois après que tu t'étais tu. C'est qu'elle ne m'avait jamais quittée. Elle chantait en moi chaque seconde.

1995

J'avais perdu mon père. Lui, sa femme. Tous ceux qui nous étaient hostiles s'étaient évanouis. Un champ de morts. Nous n'étions libres de nous aimer qu'à travers la mort. Je redoutais que sa culpabilité l'arrache à notre histoire. Mais qui avait la force extravagante de ne jamais rien réclamer, de tout accepter, pardonner ? Quel amour pouvait être comparé avec le mien ? Avec mes silences ? Mon inaltérable attente ?

J'avais pourtant des doutes. Et j'avais ardemment envie d'un second enfant. Le premier déjà me donnait tant de joie. Nous étions heureux. Je n'en voulais d'aucun autre homme. Aucun ne pouvait rivaliser avec ses fulgurances, ses lumières. Une fois encore j'ai abusé de nos étreintes, vite recommencées. Nos corps s'entendaient si souverainement. Nous étions incapables de résister longtemps à leurs démentes épousailles.

Je fus rapidement enceinte. Je pensais qu'il le fallait avant qu'il me quitte à nouveau, et peut-être définitivement cette fois. Avant que je ne sois trop vieille. Mais avec lui, j'ai toujours été persuadée qu'il me suffisait de désirer très fort un enfant pour qu'il vienne pousser dans mon ventre. Nous avions cette alchimie secrète entre nous. Nos peaux s'attiraient, se désiraient, s'aimantaient.

Pour les vacances, il proposa de nous emmener quelques jours en Corse, Paul et moi. Un soir, à la fin d'une longue balade que nous faisions tous les trois, je lui annonçai à voix basse, timide, à peine audible, que j'attendais un deuxième enfant et que je le désirais plus que tout. Je murmurai qu'après la mort de son épouse, j'avais compris qu'il pouvait ne plus jamais revenir. Alors il ne fallait surtout pas m'arracher cet enfant-là.

Je parlais seule. Paul courait devant nous. Il se taisait. J'ignorais ce que son silence signifiait. Il s'est arrêté. Il m'a prise dans ses bras. Il souriait, il avait l'air heureux. Il ne m'a rien dit encore. Et puis il a appelé notre fils et lui a annoncé qu'il allait avoir un frère ou une sœur, et à moi qu'il souhaitait vivre cette grossesse à mes côtés cette fois. Nous avons ri tous les trois. Paul se serrait contre moi sans parler.

Lui ne m'a plus jamais quittée. La distance, la séparation ne semblaient plus qu'un mauvais rêve. Nous étions enfin ensemble. Le « il » pouvait enfin devenir « tu ». « Lui », se métamorphoser en « toi ».

2021

Le besoin fou de t'embrasser dans le noir de la chambre, de coller mes lèvres sur l'étain plein de tes cendres. Avouer que cela me donne de la force et presque de la gaieté. Que cela me remplit un trop court instant. Me gonfle de joie. Tu es là, tu veilles sur moi. Je te prie en tremblant de veiller sur moi.

Après, me coucher seule dans ce lit que tu avais voulu si large au début de notre vie commune, pour ne pas que nous nous gênions. Et m'endormir comme une masse.

Je voudrais rêver de toi. Mais tu n'apparais pas dans mes rêves. Peut-être parce que tu ne me quittes guère, la journée. Je pense trop à toi. Et dès que je pourrais t'oublier quelques secondes, je me le reproche. Je te rappelle, je te reconvoque.

Parfois, quand je l'ose, quand j'ose te désirer au plus profond de mon corps, j'imagine juste ton visage avec un certain sourire, un certain regard. Et le ventre me pique, et le creux de mes cuisses se serre, et mes seins se redressent. Mon sexe doucement frémit. Je peux alors éprouver du plaisir rien qu'en serrant plus fortement l'une contre l'autre mes jambes. Brefs instants de vertige et d'absolu abandon, de dilution. J'ai cette divine grâce-là : éprouver dans l'aujourd'hui encore le plaisir d'hier. Je me l'interdis le plus souvent. Je crains de partir trop loin et de m'anéantir dans des instants hors du temps ; de me droguer de ce drôle d'amour avec toi, sans toi. Est-ce trahison ou fabuleux mystère de pouvoir toujours faire ainsi l'amour ? Par-delà la mort, nous avons ce don.

Ma vie pourtant est devenue un deuil de joie et de rires. Sans les repères qui cadraient mes journées. Te lever avant de partir travailler, te donner ton petit-déjeuner, faire ta toilette, t'habiller, te faire t'allonger pour m'occuper de tes yeux, y instiller doucement tes gouttes, te mettre de la musique. Attendre l'arrivée de l'aide-soignante. Appeler plusieurs fois par jour ensuite, toujours aux mêmes horaires. Entendre ta voix enjouée me répondre « tout va bien, ma chérie ». Te retrouver le soir, entendre mon air d'accueil, te préparer, après un rapide dîner, pour t'emmener au théâtre ou à un concert. Plus d'un an que tu n'es plus là. Je ne sais pas si c'est beaucoup ou rien. Le temps n'existe plus.

Je n'ai même aucun mauvais souvenir de ta maladie. De la rigueur implacable et de la folie mêlées de ta maladie. Des nuits passées éveillée. À l'affût de tes cris, de tes cauchemars à apaiser dans l'obscurité. De tes incontinences à nettoyer sans te faire de reproches. Tu t'excusais constamment, tu me remerciais sans fin. Toutes ces fatigues se sont évanouies dans le manque de toi. Tu étais là, près de moi, dépendant de moi. À moi, enfin.

1996

Nous nous sommes longtemps vouvoyés. Près de vingt ans. Une volonté pour toi sans doute de me mettre à distance ; pour moi de te signifier mon respect. Et la barrière de l'âge, peut-être, ces seize ans que tu avais de plus que moi. Nous aimions, aussi, cette élégance désuète et raffinée dans notre relation. Comme si elle appartenait à un autre monde, à un autre temps. Le vouvoiement empêchait notre passion physique si ardente de virer à l'adultère sordide. Il nous mettait du côté de la légende. Il théâtralisait mon amour et me permettait de tenir en me transformant en reine de tragédie.

Aurais-je tenu sans le théâtre ? Sans ces histoires plus terribles que la mienne chuchotées chaque soir ? Sans ces scènes transcendant ma réalité, ces personnages frères en souffrance et ces comédiens, ces comédiennes capables d'en faire de l'art, de les transfigurer ? Le théâtre m'a toujours sauvée, sortie de moi-même. Mes désespoirs disparaissaient comme par enchantement dès que la lumière baissait dans la salle, la plongeant dans le noir sépulcral de la représentation à venir, et préparant à une petite mort et prochaine résurrection le spectateur peu à peu transporté par-delà son trop banal et étroit quotidien.

Le théâtre des années 1990 – surtout hors de nos frontières – était en effet riche d'excès et de fureur, de violences et de fulgurances. Plus cathartique que jamais. À cause de l'anxiété diffuse provoquée par la guerre du Golfe ? À cause de l'angoisse du prochain millénaire dans nos sociétés tout ensemble mondialisées et rétrécies depuis qu'elles s'étaient mises à l'heure d'Internet ? Si la scène française se limitait souvent à son savoir-faire littéraire et à des audaces bien élevées, les Allemands Frank Castorf, Christoph Marthaler, Thomas Ostermeier, le Polonais Krzysztof Warlikowski, les Flamands Guy Cassiers, Jan Fabre, Ivo van Hove, l'Italien Romeo Castellucci réélectrisaient soudain l'espace théâtral, faisant du plateau un nœud inquiétant de conflits, d'expression charnelle, vocale autant que verbale. Ils violaient le public autant que la scène, qui avec eux sortait de ses gonds, se radicalisait sous le patronage certain du vieil Antonin Artaud, pape du théâtre de la cruauté. Chacun à sa façon m'émerveillait, me scandalisait parfois, me troublait toujours. Me dérangeait. Le théâtre est fait pour frissonner. Sursauter. Côtoyer le pire. Un monde où l'on se tutoie aisément, parce qu'on y fréquente ensemble les gouffres.

Je ne sais plus précisément quand ni comment nous nous sommes tutoyés. Je me souviens juste que j'étais enceinte de notre second fils et que tu avais choisi de t'installer à la maison pour partager les joies d'une naissance qui t'avaient échappées avec Paul. Dans le concret de l'existence commune, le vouvoiement nous parut soudain ridicule.

Je l'ai parfois regretté. Il nous obligeait l'un l'autre à plus d'attention dans nos propos, à la volonté de nous séduire encore, de nous mettre en scène. De préserver la délicate comédie des jeux amoureux.

Même si tu as toujours su maintenir entre nous une zone infranchissable. Pas une fois tu n'aurais permis que sur n'importe quel sujet, public ou intime, nos conversations dérapent vers des réflexions, des sentiments que tu aurais trouvés humainement, moralement et politiquement indignes. Tu maintenais haut l'exigence de la vie à deux. Aucune faiblesse n'y était tolérée, aucun arrangement. Quand je me demande aujourd'hui si tu m'as trompée quelquefois, lorsque nous avons été mariés et avons cessé de nous vouvoyer, je me rappelle que tu répétais très simplement que tu me tuerais si j'étais infidèle. Et tuerais mon amant. Cela me faisait sourire. Cela me faisait plaisir. Mais dès que tu es venu vivre avec moi, jamais je ne t'ai trompé.

2021

Premières fêtes de Noël sans toi. Je n'ai plus envie de décorer de sapin. Plus envie que les guirlandes lumineuses clignotent sans qu'elles te fassent sourire comme un enfant. Plus envie de ne pas t'entendre dire en riant que je mets bien trop de boules et que l'arbre est trop chargé ; pourtant, ça me peinait à chaque fois…

Paul a quand même acheté un sapin. Et l'a installé seul à la place habituelle où nous le mettions chaque année depuis son enfance. Je le découvre au retour d'une semaine avec son frère dans notre maison du Berry. M'était venue l'envie d'aller embrasser ta tombe blanche et froide dans le cimetière désert du village. De te souhaiter ton anniversaire et celui de ta mort. Le sapin ne tient pas bien droit, penche à droite et donne l'impression qu'il va s'effondrer ; ou se mettre à pleurer. Comme moi maintenant que tu n'es plus là.

Je le regarde du canapé où tu l'observais encore l'an passé de tes pauvres yeux creusés, vides et calmes. En fait, depuis des mois, tu ne voyais presque plus rien, mais tu faisais semblant pour ne pas nous inquiéter. Tu paraissais si heureux d'être avec nous, de sentir notre présence, notre chaleur. Tu souriais, tu me prenais le bras et y enfouissais ta tête en murmurant doucement : « Ma chérie, ma chérie… »

N'es-tu vraiment plus là ? Tu es si mêlé à mes pensées de chaque instant que je te sens aussi vivant qu'avant. Tu m'habites si fort, même physiquement, que je ne peux pas dire que tu es mort, puisque tu ne me quittes pas. Sans doute est-ce pour cela que je deviens solitaire : pour me retrouver avec toi, lové en moi, même sans me faire le moindre signe ni manifester une quelconque présence. Tu es là, c'est tout ; et quand j'embrasse chaque soir le coffret rond en étain qui contient tes cendres, j'en tremble toujours de joie.

Peu m'importe que paraisse folle cette relation au-delà de la vie et du temps, dans l'absolu de l'amour et de l'infini, de l'irradiante et pleine présence. J'étais déjà folle de toi de ton vivant. Peut-être est-ce la permanence de ma folie qui te rend indestructible. Et m'apporte cette sensation de vie irréelle à mes côtés.

Je me réfugie dans ma passion. Parce que j'ai compris lentement, trop lentement, trop tard surtout, que tu m'avais aimée comme je t'avais aimé. C'est venu peu à peu. Au rythme des prières que je t'adressais et qui m'emplissaient en retour de tant de chaleur. Au son de tes silences dans l'appartement vide, où rayonnaient tant d'attentions pour moi que je n'avais pas su voir. Malgré tes absences, tu avais toujours été d'un dévouement absolu à notre couple, à notre vie à deux. Toujours là quand j'avais besoin de toi, de nous, d'une constance et d'un soutien sans faille. Pourquoi serais-tu resté sinon, toi qui savais si bien partir ? Parce que tu es resté. Et tu as aimé rester. Tout l'atteste dans ces pièces que tu as si bien repensées, réaménagées et qui demeurent marquées de ton empreinte légère et douce.

L'autre nuit, j'ai été réveillée dans notre chambre par de terribles crampes, dans les jambes, les pieds, les hanches. Je me suis levée pour que cesse la douleur. Elle était pire. Au point que je me suis effondrée sur le tapis devant notre lit vide. J'avais tellement mal. Alors j'ai crié ton prénom, à plusieurs reprises. C'était la première fois depuis ta mort que je t'appelais ainsi. Si fort dans la nuit. À entendre ma voix vibrer dans l'obscurité je me sentais trop bête, trop folle. Mais d'un seul coup, la crampe a cessé.

Étendue sur le sol, je n'éprouvais plus aucun mal. Je n'osais plus bouger de crainte qu'elle réapparaisse. Et puis je me suis relevée. Tout à fait déliée, dénouée. Comme lorsque tu imposais tes mains sur mon corps défaillant pour lui redonner de l'énergie. Tu m'avais aidée. J'ai embrassé ton coffret d'étain.

Certains soirs, je suis heureuse de rentrer à la maison pour être rien qu'avec toi. Penser à toi dans notre lit. Pour la première fois, j'ai rêvé de toi voilà quelques nuits. M'est juste apparu ton visage. Tourmenté. Comme balayé d'anxiété, proche des larmes. Un flash, un gros plan rapide comme au cinéma. Tu ne parlais pas. Tu me regardais avec détresse. Est-ce que décidément je t'emprisonne ? Est-ce que je pense trop à toi ?

1997

Tu avais tout organisé de notre mariage, le 17 mai 1997. Depuis mes quinze ans, j'avais choisi la date du 17 mai. Je ne sais pourquoi. Peut-être pour agacer ma mère qui répétait qu'on ne se mariait jamais durant le mois de mai, consacré à Marie, la Sainte Vierge. Je tenais ma revanche sur ces interminables pèlerinages à Lourdes – juste après les champs de bataille de Verdun – que mes parents me condamnaient à faire avec eux, presque chaque été, durant mon enfance. La seule chose qui m'amusait alors, à leur grand désespoir, était de les dépasser dans leur infinie dévotion et d'avancer vers la grotte de l'apparition à genoux avec d'autres pèlerins illuminés de foi. Mais pourquoi le 17 ? Dans la Rome antique, ce nombre – dit-on – porte malheur, annonce la mort. Dans quel inconscient immémorial et funeste étais-je allée le chercher ?

Je t'avais souvent raconté mon fantasme. Et tu avais souhaité l'accomplir, un an après la naissance de Luc, notre deuxième fils. Comme si tu étais l'homme de ma vie depuis mon adolescence, de toute éternité. Tu me l'avais annoncé en souriant, en voiture, alors que nous revenions de notre maison du Berry et traversions l'interminable Sologne. J'étais pleine de joie. Ma destinée s'accomplissait, vingt-six ans après mes quinze ans. Ma mère n'en revenait pas, elle qui se moquait continuellement de moi, chaque printemps, quand s'annonçait un 17 mai vide d'épousailles.

Après le mariage civil, le déjeuner en petit comité à la maison, tu avais organisé une réception à la bibliothèque Thiers, place Saint-Georges, tout près de chez nous. Tu y virevoltais dans un joli costume trois-pièces fait sur mesure pour l'occasion. Tu étais heureux. Tu étais beau. Tu semblais si jeune à cinquante-huit ans. J'en avais quarante et un. Mes deux sœurs aînées répétaient qu'on ne devinait pas qui était le plus jeune de nous deux. Tu rayonnais. Paul te regardait avec dévotion. D'invité en invité, il te suivait partout. Il vint me glisser à l'oreille combien il trouvait son père élégant dans son nouveau costume et que nous formions un beau couple. Il allait avoir dix ans. Ma mère l'invita à danser avec elle. Elle était gaie. Elle semblait enfin t'accepter.

Tu avais fait venir un musicien pour animer la fête. Tu l'avais repéré dans le métro, il jouait superbement de plusieurs instruments. Il n'y avait que toi pour repérer et faire aussitôt travailler des musiciens du métro.

Le soleil brillait sur la terrasse de la bibliothèque Thiers. Tu m'invitas à ouvrir le bal. C'était la première fois que nous valsions ensemble. Et si je me souviens bien – mais c'est si douloureux, cette fois, de se souvenir –, un des trop rares moments où nous avons dansé de notre vie. Car tu n'aimais pas trop ça, toi qui avais tant fait danser les autres au son des petits orchestres de jazz que tu dirigeais dans ta jeunesse. Tu t'en excusas en souriant gentiment. Mais, pour la première fois, tu me prenais dans tes bras devant tout le monde. Pour la première fois, tu m'embrassais devant tout le monde. Nous n'avions jamais été exposés si publiquement. Ça n'avait pas de prix.

Si. J'ai perdu trois de mes bracelets d'or alors que tu me faisais tourbillonner dans cette fête que j'avais tant espérée. Je m'en suis rendu compte le lendemain matin au réveil. Pourquoi te l'avoir dit ?

2022

Du 8 au 22 janvier, j'ai revécu jour après jour, un an après, ta lente marche vers la mort. Quand il devenait si difficile de te lever, de te laver, de te faire manger ; quand j'y ai peu à peu renoncé ; quand tu m'as appelée madame ; quand l'hôpital à domicile est venu soigner l'insuffisance rénale fulgurante dont tu as fini par mourir.

J'ai senti dans ma chair, mes muscles, ma respiration, chaque étape de ta descente au tombeau. Au journal, à certaines heures, j'étais saisie de grands abattements, de chutes de tension et de pâleurs soudaines. Aux moments, peut-être, où tu t'enfonçais dans le vide, voilà un an. J'entrais malgré moi en agonie.

Je redoutais de voir venir l'heure de ta mort, ce samedi-là. Et ça n'a pas manqué, je me suis sentie d'une fragilité de verre, à l'instant même – j'ai regardé ma montre – où tu rendais l'âme devant tes fils. Où tu te débattais encore avec ton souffle, où tu peinais tant à respirer, où tu résistais. Paul et Luc m'ont dit combien ça leur avait semblé dur de mourir. Et je n'étais pas là.

Un an plus tard, j'étais donc seule dans ta chambre, à la maison, à l'heure dite. J'y suis restée longtemps, dans la pénombre. Je fixais la place où tu étais, celle du lit où on t'avait installé. Depuis ton départ, on ne chauffait plus la chambre, comme s'il fallait mieux conserver ta dépouille encore. Il faisait froid.

Je suis repartie dans notre chambre d'autrefois embrasser tes cendres. Je titubais un peu. La maison faisait silence. Aucun souffle, aucun chuchotement, aucun froissement qui aurait pu suggérer à mes sens aux aguets ta présence en ce soir anniversaire.

L'appartement était mort. Comme toi. Comme moi avec toi, depuis tout juste un an.

1998

Nous n'avons pas eu de voyage de noces. Pas plus que je n'ai eu de bague de fiançailles. Juste, une quinzaine d'années plus tard, ce joli saphir entouré de diamants dans une ravissante monture 1930. J'ai perdu la bague peu de temps avant ta mort. Je l'ai cherchée partout dans l'appartement. J'ai même pensé que tu l'avais rangée et que tu ne pouvais plus savoir où. J'ai fouillé ta chambre. La bague était un peu grande, elle avait pu tomber, tu l'avais ramassée. J'ai égaré tant de bijoux que tu m'avais offerts, de fines montres en or, des bracelets en forme de serpents. Comme si je n'en étais pas digne. Maintenant encore, j'espère que je vais retrouver le saphir bleu. Que ce serait un signe que tu m'enverrais.

Avions-nous même pensé à faire un voyage de noces, et moi à réclamer une bague de fiançailles ? C'était bon pour les jeunes amoureux et nous étions déjà vieux de tant de renoncements.

Sur les photos retrouvées du mariage, pourtant, tu flamboies. Tu as l'air heureux, ton œil pétille, ton sourire irradie, tes bras m'enlacent, tes gestes sont amoureux. Être enfin ensemble quotidiennement dans notre grand appartement nous suffisait. Nous avions tant attendu. Plus la peine de partir au loin. Cet appartement-là avait été un horizon inatteignable des années durant. Y habiter était déjà un voyage.

Tu avais voulu un duplex et l'avais déniché tout près de la rue Victor-Massé où j'avais vécu avec Paul et où nous avions attendu Luc tous les trois. Tu t'étais installé dans la partie haute, sous les toits. D'abord pour n'avoir aucun bruit lorsque tu travaillais et parce que tu redoutais aussi que nous nous entendions mal ; ou que les enfants et moi soyons trop envahissants. Tu voulais avoir un repli. Tu m'avais officiellement avertie que tu ne m'accompagnerais pas au théâtre chaque soir. C'était mon travail, chacun le sien. Tu n'avais pas encore trouvé l'atelier, juste en face de la maison où tu allais bientôt aménager ton studio.

Ce fut un coup de chance. Ou du destin, enfin lumineux, qui s'ouvrait. Un vieux quincaillier qui rangeait son matériel dans ce qui n'était qu'un vaste entrepôt avec garage se préparait à partir à la retraite. Ayant croisé plusieurs fois

Luc, encore bébé, tandis que tu le promenais, il se prit d'affection pour lui, qui lui faisait mystérieusement fête dès qu'il l'apercevait dans la rue. Le quincaillier nous vendit bon marché son dépôt, que reluquaient bien des commerçants du quartier. Il était heureux qu'un artiste le reprenne, d'autant plus un artisan comme lui.

Une de tes amies architectes redessina les lieux, dont tu fis un espace de création, de rencontres, où on se sentait bien, où on était rempli d'énergie et de générosité à peine entré. Tu avais le goût fin. L'endroit te ressemblait. Ton Bösendorfer, immense piano à queue noir, dominait l'antre, à côté d'un arbre en pot bleu de Chine que t'avait offert autrefois Michel Guy.

Jusqu'au début des années 2010, tu réalisas là-bas tes idées les plus audacieuses. Installations sonores de par le monde, pour finir par « Le Jardin des Sons » au château de la Fondation La Borie-en-Limousin, en 2014, ton dernier grand projet alors que pointait déjà la maladie. Premières expérimentations autour de la voiture électrique Tulip de Peugeot, aussi, jusqu'aux jingles des gares, des aéroports, des tramways. Études de spatialisation des sons en tous genres, qui ont abouti à ton incroyable « métaphone » dans ce bassin minier du Nord, à Oignies. Nul avant toi n'avait imaginé un tel bâtiment de musique, dont les murs même permettaient la création de compositions jonglant avec les éléments, le vent comme la pluie et la chaleur du soleil…

Aucun bruit ne t'était étranger. Même les inaudibles. Tu étais un inventeur en perpétuelle effervescence. La moindre perception nouvelle te faisait rebondir. Tu avais l'intuition aiguë du mouvement des choses et de la vie. Je m'en émerveillais chaque jour. Nos deux jeunes fils aussi qui, éblouis, t'écoutaient sans fin raconter et partager tes enthousiasmes. C'était ça, surtout, qui te rendait irrésistible. Tu montrais une telle passion, une telle intelligence joyeuse dans ta volonté de convaincre, qu'on se sentait terne et triste en t'écoutant. On aurait voulu être toi.

2022

Luc m'annonça un soir de janvier qu'il avait donné ton portable à une collecte d'objets numériques usagés faite par Emmaüs. Il l'avait gardé sans rien dire depuis ta mort, il avait décrété qu'il était inutilisable. Je me suis rendu compte que je n'avais jamais demandé à le regarder, à examiner les photos qu'il contenait sans doute, les numéros de téléphone et les messages, peut-être. Et tout m'était arraché d'un coup, cette mémoire, ta mémoire. Je lui ai reproché de s'être débarrassé de ce souvenir de toi sans m'en parler. Comme s'il m'avait devinée, il répondit qu'il n'y avait dedans aucune photo, aucun message non plus, rien d'intéressant selon lui. Mais me sachant ombrageuse, m'aurait-il caché quelque chose qu'il ne fallait pas que je voie ?

Je n'avais pas eu envie de fouiller ton portable. Sinon je l'aurais fait. Je n'aurais pas oublié de le réclamer après ta mort. De ton vivant même, jamais je ne l'avais observé à ton insu, jamais je ne t'avais espionné. Ce n'était pas digne de nous. Tu ne me l'aurais pas pardonné. Tu m'aurais regardé froidement, silencieusement, comme tu le faisais chaque fois qu'une dispute aurait pu commencer; et tu serais descendu travailler dans ton atelier en me disant que tu reviendrais quand je serais calmée. Et tu revenais. Sans prononcer un mot, le visage indifférent. Alors c'était à moi, toujours, de m'excuser. Jusqu'à te demander pardon. Sinon tu t'absentais de moi, de nous, de notre vie. Cela pouvait durer plusieurs jours. Je prenais peur. Était-ce ta façon, violente, de vouloir m'ôter mes soupçons et mes doutes ? De me dresser à la confiance en toi ?

Même aujourd'hui où tu n'es plus là. Je n'ai toujours pas ouvert tes agendas, dans le secrétaire de ton bureau, à côté de notre chambre. Je reste sous emprise. Ils sont empilés par ordre chronologique, depuis 1996, la date de la naissance de Luc, la première année où tu es venu vivre avec Paul et moi. Je ne les ai pas jetés. Les pages en sont recouvertes de ton écriture au crayon de papier, pour mieux pouvoir effacer. Les toucher m'est encore impossible.

J'ai récemment retrouvé, bizarrement jetés dans un coin de ton atelier, quelques-uns des vieux répertoires téléphoniques que tu recopiais rituellement chaque 1er janvier. C'était avant les smartphones. Qui les avait abandonnés là ? Je les ai ramassés et ne les ai consultés avec angoisse qu'une fois rentrée dans notre appartement. À peine en avais-je ouvert un que je découvris le nom d'une maîtresse d'autrefois. Avant moi. Trente ans après, les vieilles blessures se rouvraient. Alors qu'elle était peut-être morte, elle aussi. Mais on peut être jalouse d'une morte.

2000

Tu étais un homme d'allant, d'idées, d'imagination, de rêves. Les meilleurs urbanistes, architectes, plasticiens, scénographes, éclairagistes, photographes aimaient t'avoir dans leur équipe, construire et exposer avec toi, s'entourer de tes conseils. Souvent tu finissais même par rédiger leurs propres projets, parce que tu écrivais bien mieux qu'eux, ils le savaient; tu étais resté un excellent journaliste. Tu travaillais sans cesse. Ta réputation de designer sonore s'amplifiait. En ces années chiraquiennes électriques où régnait le gouvernement socialiste de Lionel Jospin et où les ministres de la Culture tentaient encore vaille que vaille des aventures, tu étais devenu un artiste à la mode.

Pour célébrer le passage à l'an 2000 et le millénaire tout neuf, l'architecte Patrick Bouchain, grand ordonnateur des festivités sur les Champs-Élysées, avait décidé d'y installer une dizaine de grandes roues foraines de vingt-quatre mètres de diamètre. Chacune serait confiée à un artiste et porterait un thème. Il t'avait choisi pour concevoir une roue musicale. Vous vous connaissiez depuis des années. Tu m'avais d'emblée vanté son originalité radicale, sa volonté inédite de préserver l'habitat, l'environnement, l'urbanisme, en utilisant l'histoire des lieux, en respectant leur mémoire. Le sauvetage du théâtre des Bouffes du Nord, c'était Bouchain. Grâce à toi, j'avais été parmi les premières dans la presse à longuement l'interviewer.

Paul Chémétov, Cécile Proust, Fred Bendongué, Jacques Simon, Claude Krespin, Joseph Kosuth, Ange Leccia, Jean-Luc Vilmouth faisaient eux aussi partie des heureux élus. Tu avais désiré que ta roue évoque le son du monde, du ciel, de la terre. Tu n'avais peur de rien depuis que tu travaillais très sérieusement sur la musique des astres avec des scientifiques du Centre national d'études spatiales. Toi qui regardais si souvent le ciel durant la nuit et connaissais si bien le nom des étoiles en avais même déjà fait un disque.

Pendant des mois, tu fus hanté par cette roue, que tu désirais symbole vivant de toutes les musiques, fanfares et musiciens classiques compris. J'étais égoïstement triste de ne pas vivre avec toi cette entrée dans le troisième millénaire.

Le 31 au soir, pour tenter de faire fête quand même, j'invitai les enfants au restaurant chinois de la rue des Martyrs. Mais nous n'étions que trois dans la petite salle aux vilaines chaises en skaï rouge et, privés de clients, les patrons avaient visiblement envie de fermer au plus vite pour aller réveillonner. Ils nous pressaient sans gentillesse. Nous avions la gorge serrée. La fête était sinistre.

Nous sommes partis à pied vers les Champs-Élysées. Luc dans sa poussette. Paul à mes côtés. Plus nous avancions vers la place de la Concorde, plus la foule se densifiait, joyeuse et excitée. Je n'étais pas à l'aise, j'ai peur des foules. Les enfants aussi semblaient inquiets. Étrangement intimidés, nous sommes arrivés devant ta roue musicale vers 21 h 30. La perspective des Champs-Élysées était saisissante. Toutes ces roues éclairées en enfilade, sur l'avenue devenue encore plus grandiose et qui grouillait de spectateurs. Un bruit sourd, mais aigu, zébrait l'espace. L'atmosphère était hystérique.

Devant ton immense jouet, tu t'affairais. Tu courais de l'un à l'autre avec un talkie-walkie. Tu nous as à peine vus, à peine regardés. Tu parlais avec énergie et gaieté aux musiciens et techniciens qui s'agitaient comme toi au pied de la roue. Avant que le spectacle ne commence, tu avais tout à préparer, contrôler. Les minutes étaient comptées. Ce n'était pas le moment de t'embêter.

Nous ne savions comment t'aider, quoi te dire; nous te gênions. Alors nous nous sommes retirés à l'écart et t'avons regardé de loin, sans nous parler. Tu avais choisi de démarrer le concert avec ton impressionnante composition autour de l'authentique musique des étoiles recueillie au CNES. Le cosmos, soudain, se rapprochait de la foule.

Tu avais déclaré dans la presse, peu avant l'événement, que l'énergie même de cette musique cosmique, sa clameur feraient tourner les roues et que sa dispersion, au matin, entraînerait leur arrêt. Tu aimais les images fortes et tu avais le sens des formules. Nous admirions de loin le chef d'orchestre halluciné d'une roue de fête foraine.

Mais les badauds nous pressaient. Paul se roulait par terre de fatigue, il refusait d'avancer et a même vomi devant nous le méchant réveillon chinois. Les passants nous regardaient avec mépris. Et ils finirent par m'insulter d'avoir ainsi amené un gamin malade et un autre en poussette dans une telle cohue. « Quelle inconscience ! » gueulaient dans la nuit quelques mères courroucées et un peu éméchées. J'avais juste souhaité que nous soyons tous les trois avec toi ce premier jour d'an 2000. Que tes fils assistent à ton triomphe. Mais ma tristesse sournoise que nous ne le vivions pas ensemble était en train de tout gâcher.

La nuit se transforma en cauchemar. Paul et Luc hurlaient qu'ils voulaient rentrer ; on ne s'entendait plus dans le chahut ambiant. Il fallait faire demi-tour, traverser la foule hostile qui marchait en sens inverse. De mon bras droit je portais Paul, chiffonné et lourd, de la main gauche je poussais Luc tant bien que mal. Devant moi des visages mauvais, des corps qui me repoussaient au lieu de m'aider à avancer.

Soudain, tout est devenu silencieux. Sans prévenir aucun des concepteurs des grandes roues, la mairie de Paris avait pris la décision de couper leurs musiques qui faisaient trop de vacarme. Au milieu de la foule stupéfaite, nous avons pu nous glisser, sortir comme en douce. Mais le chemin fut long jusqu'à la maison. Nous étions épuisés par l'attente, la nuit, le regret de ne pas partager avec toi ce que tu vivais de joie et sûrement de chagrin après la coupure du son. Nous marchions de plus en plus lentement.

Tu rentras tard dans la nuit, ou au petit matin. Un peu ivre. Je t'attendais. Tu te mis à pleurer doucement dans notre lit. Ton travail avait été massacré. Tes équipes, bouleversées et anéanties. Tu étais furieux contre les incohérences de la ville de Paris, de l'État, qui avaient voulu la fête et l'avaient empêchée. Je tentai de te consoler, de te féliciter à voix chuchotée dans le noir pour ces étoiles qui avaient résonné somptueusement grâce à toi dans la nuit, ces incroyables fanfares, ces musiques d'hier et d'aujourd'hui qui formaient une ronde immémoriale. Mais tu étais inconsolable. Comme un enfant à qui l'on a arraché son rêve.

2022

Je n'en finissais pas de fouiller ta bibliothèque, de la classer, de la ranger. D'y mêler mes propres livres. Pour perpétuer nos épousailles. Même littéraires. Est-ce que je cherchais aussi quelque chose ? Est-ce que j'espérais découvrir un secret ? Un à un, j'ouvrais et regardais tes ouvrages. Je m'agaçais par exemple de ne pas retrouver *Le Mont Analogue* de René Daumal, que tu aimais tant, ou *L'Homme sans qualités* de Robert Musil, auquel tu t'étais attaqué tout un été avec efforts et émerveillement mêlés. Tu m'en lisais volontiers certaines phrases. Tu détestais céder à la difficulté. Les défis te stimulaient. Il te fallait te vaincre. Tu disais « frapper la bête » en joignant le geste au mot. Paradoxalement, toi, l'homme du son, tu ne « t'écoutais pas », comme disaient nos parents de ceux qui étaient frileusement attentifs au moindre de leurs bobos. Quand il était question d'interventions médicales, tu refusais les anesthésies. Tu ne te plaignais jamais d'avoir mal. Tu annonçais parfois la veille que tu devais te faire opérer d'on ne savait jamais quoi le lendemain; qu'il était inutile de chercher à te joindre dans une clinique dont tu nous cachais le nom et que, de toute façon, tu en rentrerais seul. Tu réapparaissais un peu pâle. Sans rien expliquer. Voilà pourquoi je fus incapable de citer au médecin de quoi tu avais pu souffrir et être opéré avant Alzheimer. J'avais l'air d'une mauvaise épouse.

Je navigue devant tes livres de musique, d'architecture, d'art, de design. Je caresse les couvertures, je me balance d'un pied sur l'autre sans penser. Je regarde juste les titres, les auteurs. Et tout à coup, à l'horizontale, m'apparaît cette tranche épaisse en cuir marron. Je n'avais jamais remarqué cet ouvrage-là, un peu dissimulé tout à droite, sous tes livres sur les oiseaux et la Chine.

C'est un album de photos. Toutes sortes d'angoisses m'inondent en un instant. Je ne prends pas le temps de m'asseoir, j'écarte en tremblant les grandes pages blanches à peine jaunies. Y sont collés des clichés des noces d'or de tes parents à Nogent-le-Rotrou. Ils posent un peu guindés et mal à l'aise devant le photographe et au milieu de leurs enfants, de leurs amis. Tu ne me les avais jamais montrées. Ni à tes fils qui n'ont pas connu leurs grands-parents et à qui cela aurait fait plaisir sûrement de voir à quoi ils pouvaient ressembler. Je te cherche parmi les convives. Je ne te vois pas.

Ton père, Pierre, paraît encore frétillant et coquet ; avec une allure début XXe siècle, un côté vaudeville à la Feydeau, qui dissimulent à peine l'autoritarisme d'un regard sec. Ta mère n'est guère avenante avec son nez pointu, ce regard douloureux, comme teinté de reproches, cette absence de sourire. Elle est même laide, si bien qu'on en baisse les yeux sur ses jambes. Elles sont lourdement bandées dans des bas noirs épais. La phlébite, sûrement, causée par les sept grossesses. Sa vie ne dut pas être facile aux côtés de cet époux en apparence actif et enjoué. Elle le crie silencieusement. Peut-être ne pouvait-elle se défendre que par la maladie.

Tu m'avais expliqué que durant ton enfance elle restait souvent couchée, volontairement isolée dans sa chambre. Toi, le petit dernier, tu étais confié à la servante, cette Moune si joyeuse, si grasse et belle, si tendre avec toi. Tu la préférais à ta mère. Tu te cachais sous ses jupes, découvrais ses cuisses et bien d'autres choses encore. Tu te blottissais en elle. Au point qu'on chassa la Moune. Ton premier grand chagrin d'enfant. Tu en aimas encore moins ta mère. Mais tu avais son nez, immense et fin.

Tu m'as avoué t'être longtemps reproché d'avoir été repoussé par sa laideur, au point d'avoir eu du mal, même enfant, à l'embrasser, à aller dans ses bras. Te remis-tu un jour de ce péché-là : être indifférent, presque hostile à celle qui t'a donné la vie ? Te condamnas-tu, pour te disculper à tes propres yeux, te faire pardonner cette injustice enfantine, cette cruauté, à aimer une femme elle aussi malade ? Telle cette deuxième épouse, déjà victime d'un cancer avant votre rencontre. Si tu la soignais, si elle guérissait, elle, l'offense à ta mère serait réparée, effacée. Tu donnais des gages, tu te rachetais, tu annulais la faute ; toi qui portais déjà sans doute comme une malédiction la mort de ton enfant en 1968. À l'observer si ingrate, souffreteuse, si grise sur le vieux cliché, j'ai compris combien tu t'étais peut-être sacrifié rien que pour te sauver de cette faute quasi originelle : être dégoûté par elle. Et nous en avions tous les deux longtemps payé le prix. Un amour sensuel et épanoui interdit du haut du ciel. J'étais ta Moune.

Devant ces photos sorties de leur cachette et lourdes de secrets, je ressentais tes remords et ce manque de protection initial, de dévouement et de chaleur maternelle, de passion partagée dès l'enfance, qui te rendaient si fragile et si fort. Te déchiraient-ils encore du temps de notre vie commune, puisque tu nous avais dissimulé ces clichés ? Tu n'étais pas allé aux noces d'or de ta mère et de ton père. Ils t'avaient envoyé l'album en souvenir.

2002

Tu t'occupais de tout chez nous. Maîtresse de maison et femme au foyer. Tu réglais avec bonne humeur ces problèmes matériels qui me terrassaient. Travaux dans l'appartement comme préparation des repas, visites des enfants chez le médecin, le dentiste, l'orthophoniste ou le psy, relations toujours houleuses avec la copropriété. Te faisais-je payer ces longues années où j'avais été si seule à tout organiser ?

Tu ne t'es jamais plaint, toi le plus féministe des maris, qui accomplissais les tâches ménagères comme si c'était normal et ne posait pas question. Tu reprenais juste en souriant une de mes expressions christiques favorites – « mon royaume n'est pas de ce monde » –, souvent répétée pour justifier mon mépris du travail domestique, et tu t'en moquais tendrement, heureux de te dévouer enfin à tes propres enfants, à la véritable famille qui t'avait attendue. Paul et

Luc te faisaient répéter sans fin tes histoires de sauts en parachute, de tempêtes en mer, de traversées de l'Asie à moto, de records de vitesse en Jaguar décapotable sur les autoroutes allemandes en filant vers Berlin-Est. Tes explorations en tout genre à travers le monde, en somme, de la Thaïlande à la Chine, du Japon à l'Afrique, d'Amérique en Europe de l'Est, aussi, où, jeune soixante-huitard, tu n'avais pas manqué pas de partir en 2 CV passer tes vacances... L'épatant modèle de frimeur comme de baroudeur masculin que tu auras offert à tes fils !

Tu parvenais à tout concilier. Jusqu'à soixante-quatorze ans, tu as continué tes compositions musicales pour les musées, les châteaux, les jardins comme les livres. Ah ! les délicieuses mélodies pour enfants que tu avais composées pour la collection *Drôles de petites bêtes* d'Antoon Krings : Mireille l'abeille, Simon petit bourdon, Loulou le pou, Belle la coccinelle et tant d'autres.

Rien ne te faisait peur. Tu fonçais. Tu avais imaginé avant les autres tant de choses. Initiateur, sans que ce soit jamais reconnu, de la sacro-sainte Fête de la musique, premier défenseur de la diversité musicale à la radio, puis dans un journal, pionnier en France du design sonore. Parmi les premiers, tu réalisas la spatialisation des sons à travers tes incroyables fauteuils à oreillettes et cette audiosphère plus que sophistiquée où l'on pénétrait pour être immergé dans un monde de sons : tu l'offris à la friche La Belle de Mai à Marseille au milieu des années 2000.

Tu ne revendiquais aucune paternité, décrétant que les idées appartiennent à tous. C'était pour ça aussi que tant de monde aimait travailler avec toi. On se sentait stimulé, encouragé, grandi par ce flot permanent de réflexions, de pensées en mouvement. Tu adorais travailler en bande.

À la direction de la rédaction de *Télérama*, j'avais peu à peu installé la mienne et je tâchais de développer toujours plus la dimension culturelle du journal, ses exigences en matière d'idées comme de réflexions sur la société. Examiner le monde au prisme des artistes et des intellectuels : telle était la recette bizarre, mais originale, et réussie, de *Télérama* depuis des décennies. Il ne fallait surtout pas la trahir, c'était sa force d'hebdomadaire hybride. À la fois magazine de télé et de radio, et magazine de critiques pointues côté cinéma, livres, musiques, théâtre, arts. Généreux et exigeant passeur d'analyses et de réflexions. Il importait d'adapter le journal à un monde où la révolution numérique n'en finissait plus de bouleverser les pratiques culturelles comme politiques. Internet et les réseaux sociaux chahutaient nos vies, nos manières de nous informer et nos métiers de journalistes, de critiques de presse écrite. Tout allait vite. Tout se transformait. Le poste que j'occupais n'était déjà plus le même que celui de mes prédécesseurs. Via son site, l'hebdomadaire se muait en quotidien, basculait dans l'immédiateté, lui qui avait toujours mis au pinacle recul et distance. Enfin, les lecteurs réclamaient davantage d'expériences partagées d'événements proches et visibles. Moi qui n'aimais que l'invisible.

2022

Au fil des mois, je devine combien cela semble incongru aux autres, et même à Paul et Luc, que je pense à toi constamment et que tu me manques à chaque seconde. Ce matin, à la messe, lors de son homélie, un jeune prêtre a demandé à chacun des fidèles présents ce qu'il supplierait le Christ de lui accorder s'il se trouvait face à lui, comme l'aveugle-né ou le paralytique dans les Évangiles. Et je me suis surprise à réclamer sans réfléchir que tu reviennes. C'est l'unique pensée que j'ai eue. Le seul besoin que j'ai éprouvé. Pourquoi me fais-tu tant défaut aujourd'hui ? N'ai-je pas été forgée par tes apparitions-disparitions ?

Avoir envie de pleurer pour un rien. Les larmes au bord des cils, les yeux mouillés d'une eau légère et triste. Une liqueur d'amour. J'erre de pièce en pièce sitôt rentrée à la maison, après des heures passées à faire semblant de je ne sais plus quoi, avec mon visage marqué, pâle, mon regard décoloré, mes lèvres encore plus minces et ternes.

Il est loin le temps où j'écrivais pour t'impressionner, m'habillais pour te plaire. J'ai tenté vaille que vaille de continuer en ton absence. En l'honneur de toi, par fidélité à toi, à ce que tu avais aimé en moi. Mais l'effort est terrible. Tu n'es plus là. Je n'ai plus personne à qui m'adresser. Je suis devenue une marionnette articulant sans y penser de pauvres mots.

Je n'ose même pas relire les quelques lettres que tu m'avais envoyées, toujours brèves, admirablement ciselées. Revoir ton écriture fine et penchée sur ces beaux papiers, épais et très blancs que tu choisissais avec soin, retrouver ton style elliptique me vrille le cœur, me pique les doigts, me fait peur. Il y en a certaines que je n'ai jamais lues en entier. Par peur des reproches possibles, peur de n'avoir pas compris certaines choses, de t'avoir fait souffrir, de n'avoir pas su m'engouffrer dans notre bonheur. Tes lettres aujourd'hui ne me sont d'aucun secours. Je me contente de les garder dans le tiroir de ma table de nuit. Bientôt j'aurai peut-être la force de les lire.

2001

Nous dînions souvent avec Michel Bouquet et son épouse Juliette Carré au *Terrass" Hotel*, proche de leur domicile et face au cimetière Montmartre. Régulièrement, depuis les années 1980, j'avais fait de longues interviews de Michel dans *Télérama* sur ses interprétations de Molière, Beckett, Ionesco, Thomas Bernhard. À la fin des années 1990, j'avais même fait un film sur lui pour France 3 avec le réalisateur Thierry Thomas, puis un livre en 2001. Il était devenu pour moi un mentor, un ami que je respectais et admirais. Il me rappelait mon père dans sa droiture, sa dignité, son obstination à aller au bout de lui-même. À servir plutôt qu'à se servir. Tu le vénérais aussi.

Même à quatorze ans de distance, vous aviez en commun le traumatisme de la Seconde Guerre mondiale, que vous évoquiez souvent ensemble. Né en 1939, tu n'avais jamais oublié le bruit des bottes des troupes d'occupation allemandes sur le pavé de Nogent-le-Rotrou ni le bourdonnement de leurs escadrilles dans le ciel et de leurs bombardements ; tu y voyais le son fondateur de ton enfance, celui qui avait décidé peut-être d'une vie consacrée à l'écoute. Michel, né en 1925, expliquait volontiers quant à lui combien l'exode de 1940 – alors que son père, rescapé de la Première Guerre mondiale, était prisonnier en Poméranie – lui avait laissé d'ineffaçables cicatrices. Affolée par ce qu'on disait du comportement des vainqueurs, sa mère modiste avait en effet décidé dès le 12 juin 1940 – les Allemands entreraient dans Paris le 14 – de quitter avec ses deux derniers fils et sa mère leur appartement de la rue La Boétie. Direction le camp de réfugiés de Villeneuve-Saint-Georges. À pied. Après on verrait... Dans la valise de Michel, toute l'argenterie. Dans celle de son frère, le reste de leurs objets les plus précieux. Et sur la route, dans la cohue qui marche, la vision sur les murs de la capitale de ces géantes affiches patriotiques : « Nous vaincrons parce que nous sommes les plus forts. » Le décalage entre la fuite aussi éperdue que misérable et le triomphalisme de ces affiches voulant faire croire à la gloire et à la puissance du pays marquera pour longtemps l'adolescent. Il forgera pour jamais l'ironie, la distance, la méfiance du comédien face à toute autorité, metteurs en scène compris. « Et surtout ne jamais penser que c'était mieux avant, c'est le terrible signe qu'on est devenu un vieux schnock ! » répétait-il souvent. Nous étions d'accord, Louis et moi, foncièrement rebelles à tout pouvoir, toute hiérarchie. Lui à cause des abus sexuels de la petite enfance ; moi pour avoir trop vu mon père officier plier sous ses supérieurs. Dans l'armée, il y a toujours des supérieurs.

Nos dîners à quatre étaient joyeux. Nous ne nous lassions pas de questionner Michel sur son parcours, ses rencontres avec Camus, Vilar, Cendrars, Anouilh, Chabrol ou Truffaut. Mais il aimait lui-même interroger Louis sur la musique, sur Mozart, Beethoven ou les grands chefs d'orchestre et sur son métier de designer sonore qu'il découvrait avec curiosité.

Les rencontrer, Juliette et lui, c'était se confronter à l'exigence de vrais artistes, à leur indépendance, à leur violence, aussi. Et leur étrange solitude à deux, malgré la dévotion du public et l'immense respect de la profession.

Nous revenions toujours contents du *Terrass" Hotel*. Peu d'artistes autour de nous avaient pareille obsession de leur art, y consacraient si passionnément leur vie. C'était ce qui était admirable dans le couple Michel-Juliette.

J'aurais adoré que tu aies autant besoin de moi que lui, visiblement, avait besoin d'elle, exigeant qu'elle joue à ses côtés, sur scène, à chacun de ses spectacles. Ce n'était pas le cas. Ou pas de cette façon, peut-être ; mais je n'aurais pas accepté non plus de vivre dans l'ombre perpétuelle de ton talent. Nous commencions à être pleinement heureux, pourtant, harmonieux, pleins de nous deux et forts de nous deux. Enfin. Nous nous accomplissions l'un avec l'autre, l'un grâce à l'autre. Même nos carrières respectives profitaient de cette intimité nouvelle. Tu débordais de commandes, *Télérama* se renforçait dans le champ culturel où nous prenions de plus en plus d'influence et de poids.

Dans l'élan, nous avions réaménagé notre appartement parisien pour en faire une sorte de grande maison claire sous les toits, tout près de ces oiseaux dont tu aimais tant le chant : tu t'amusais à leur répondre et ils te répondaient derechef. Tout près de ce ciel, dont tu observais inlassablement les étoiles. Même notre maison dans le Berry s'était étrangement libérée avec toi de ses mauvais esprits et recoins sombres. Nous l'avions agrandie, avions peint ses murs en blanc. Elle respirait. Tu avais même remodelé et restructuré le jardin, toi qui goûtais tant aux espaces nouveaux.

Pourquoi me reste-t-il si peu de ces moments de bonheur et de paix, où tu m'as donné tant de toi, tant de ton temps, de ton intelligence, de ta tendresse ? Est-ce qu'on oublie la paix, est-ce qu'on ne se souvient que de la guerre ?

2022

Depuis fin décembre 2020, dans notre maison du Berry, je n'ai pas voulu changer les draps du petit lit où tu avais eu si peur de mourir, quelques jours avant ta fin. Où tu avais sangloté, crié. Ces draps-là gardent la trace de ton corps. L'oreiller est encore imprégné de tes cheveux, tes joues, ton nez, ton front.

Le lit jouxte notre grande chambre. Chaque jour, quand je la quitte ou quand je la rejoins, je passe devant lui et je le regarde. Comme si j'allais t'y voir. Peut-être que je garde ces draps pour ça, parce que tu viens de les quitter, parce que tu pourrais y revenir.

Cette nuit d'été-là, je me suis couchée dans le petit lit. J'espérais… je ne sais quoi. Quelque chose. D'informulable et d'informulé. Pour avoir plus encore le sentiment d'être avec toi, j'ai même conservé les couvertures qui te recouvraient durant ces longues nuits de ton dernier hiver et qui étaient elles aussi restées. Tu avais toujours froid. Tu étais devenu si maigre.

J'ai attendu. Sans bouger dans le noir, les yeux ouverts. J'avais très chaud. Le temps n'existait plus. La température était au-delà. La réalité aussi. J'étais immergée, somnolente, dans un étrange entre-deux.

Tu n'es pas venu. Les morts ne reviennent que par surprise, pour se rappeler à nous quand on ne pense plus assez à eux. Tu ne m'as donné aucun signe. Pas même une sensation. Tu n'as pas dû apprécier ce goût morbide et désespéré de te retrouver dans le lit de ta presque agonie. Tu aimais trop la vie. Tu étais doué pour la vie. J'ai recommencé une deuxième nuit. Tu n'es pas venu non plus. J'ai renoncé.

Je devais te faire revivre autrement, te rendre présent autrement. Comme je l'avais toujours fait quand tu disparaissais. Qu'est-ce qui avait changé, après tout ? Je devais seulement te réinventer. Je suis retournée me coucher dans notre grand lit à deux d'autrefois.

2008

Du temps où elle dansait à La Rochelle avec Jacques Garnier, dans la compagnie qu'ils avaient fondée ensemble en 1974, le Théâtre du Silence, tu m'avais raconté avoir composé pour Brigitte Lefèvre la musique d'une chorégraphie tout simplement intitulée *Lui.* Vous étiez amis. Longtemps après être revenue à l'Opéra de Paris de ses jeunes années, la flamboyante danseuse rousse, devenue là-bas la très efficace directrice de la danse, te commanda en 2008 une création électroacoustique. Elle devait accompagner *Les Quatre Saisons* de Vivaldi prévues pour *Caligula* au palais Garnier. Elle avait confié ce nouveau ballet à l'étoile Nicolas Le Riche, athlétique et généreux danseur. Tu devais relayer, enrichir le baroque Antonio Vivaldi de sons aériens où puissent s'accrocher les délires de l'empereur romain, sa passion pour la lune, pour son cheval Incitatus, et sa fascination pour le mime Mnester, célèbre artiste de la Rome antique...

Tu étais parvenu à composer l'une de tes musiques hors monde. Une musique de contemplation. Qui rappelait combien tu aimais Maeterlinck, Claudel, Mallarmé. Parfois calmes, souvent déchirants, tes sons s'enchaînaient dans l'enchantement et la brûlure. Tout s'y confondait. Quand s'élevait ta musique, c'était le signe que Caligula arrivait à s'échapper des contraintes du pouvoir et du temps ; de ces quatre saisons qui orchestrent et dirigent nos existences. Qu'il partait en songes.

Le ballet eut du succès. Ta partition aussi. Empruntant aux baroques comme aux romantiques, au classique comme à l'électronique ou à la musique concrète, n'obéissant à aucune règle, tu avais su emplir Garnier, épouser Vivaldi, nourrir le ballet en pliant les formes, les contraintes à ton propre rêve. C'était ça, ton style, mettre en musique les rêves que tu faisais des choses. Et tu avais réussi dans *Caligula* une méditation aux accents angoissés et cosmiques, d'ici et d'ailleurs. Toi non plus, comme l'empereur romain, comme moi dans mes extravagances, tu n'étais pas vraiment de ce monde. Le révélaient tes sonorités en mode mineur, souvent si mélancoliques et si tristes. Elles nous reliaient.

Tu n'aimais pas toujours me faire écouter tes créations. Il fallait te le réclamer. Tu redoutais mes avis. Et je craignais de mon côté de te faire des commentaires maladroits ou des compliments insipides et pleins d'ignorance. Mais tu partageas volontiers *Caligula*. Tu m'en donnas à entendre en primeur de longs morceaux. Tu étais fier de ce travail, de ce retour à l'Opéra, où tu avais tant aimé créer une « cellule de dramaturgie » à la fin des années 1970. Le directeur d'alors, le compositeur et chef d'orchestre suisse Rolf Liebermann, avait adhéré à ton idée. Encore un que tes intuitions enchantaient. Tu t'étais inspiré cette fois-là de l'Allemagne, de Berlin, où tu te rendais souvent dans ta fameuse Jaguar verte Type E pour des concerts, des spectacles ; où tu avais beaucoup d'amis. Depuis Brecht, le travail préliminaire sur le texte avec les acteurs, autour de la table et avant les répétitions restait là-bas essentiel aux metteurs en scène. Tu voulais l'importer à Paris pour dépoussiérer des opéras trop classiquement montés, malgré les piquantes audaces que manifestait l'Argentin Jorge Lavelli, revisitant alors insolemment les chefs-d'œuvre du répertoire lyrique. Brillant universitaire spécialiste du XVIIe siècle et amoureux de théâtre, Jean-Marie Villégier avait accepté de t'accompagner dans ta démarche. Mais la cellule devait vite disparaître avec le départ de Rolf Liebermann, fin 1980.

Revenir à l'Opéra de Paris en artiste, près de trente ans plus tard, fut pour toi une sorte de reconnaissance. Une légitimation. Un apaisement. Je te sentais intensément heureux, toi pour qui renoncer à la musique à la sortie du Conservatoire avait été un déchirement ; tu étais déjà trop vieux, m'avais-tu dit... Tu invitas tes quatre frères aînés à assister au ballet. Tu ne l'avais encore jamais fait pour aucune de tes créations.

2022

Mes pauvres souvenirs sont toujours les mêmes. Je ressasse. Mes sensations, mes impressions, aussi. J'en voudrais d'autres et je n'en trouve plus. Ma mémoire est bloquée. Je m'abîme et je me noie dans la répétition d'un passé que je réinvente peut-être et qui est le mien. Pas le tien, sans doute. Où est le tien ? Que sais-je de toi ? Tu fuis, tu t'éloignes chaque jour davantage, malgré mes efforts obstinés pour te préserver à mes côtés.

Si elle fut difficile, si elle rouvrit et gratta trop de plaies, de regrets, de remords, l'écriture intranquille et tourmentée de notre histoire, ce livre, était encore un lien avec toi, avec nous. Une manière de te garder, de te retrouver. Elle m'a abîmée, déséquilibrée, angoissée, mais comment donc ferai-je quand ces chapitres seront achevés et définitivement clos ?

Ce jour-là de printemps, dans notre chambre du Berry, celle dont tu as toi-même dessiné le balcon donnant sur le jardin – un balcon sous lequel auraient bien pu se cacher Roméo ou Cyrano –, j'ai eu envie de ressortir les grosses boîtes de carton pleines de nos photos. Pour les scruter et qu'elles me livrent peut-être d'autres secrets. Je ne l'avais jamais fait encore. J'ai si peur qu'elles me fassent mal. Assise sur notre lit, j'ai doucement ouvert les boîtes et commencé à effleurer, à caresser les images de notre passé. Nos deux fils à tous les âges. Toi, trop rarement ; et moi, à longueur de clichés avec ou sans les enfants. Moi, toujours la plus belle possible ; moi, auréolée de lumière ; moi, captée avec tant d'attention, de tendresse, de sensualité.

Ton amour explose à travers chacun de ces portraits où tu parviens à me faire rayonner, à me révéler généreuse et éclatante. Telle que tu me voyais, telle que tu me désirais, telle que tu me transformais peu à peu en vivant à mes côtés. Comment ai-je pu ne pas m'en apercevoir, moi qui ne te rendais même pas la pareille, moi qui te photographiais à peine, décrétant ton appareil trop compliqué à régler. Aucun doute, tu m'aimais, et tu m'admirais, même. Pourquoi ai-je contemplé si tardivement ces images, et pas davantage ?

J'ai refermé les boîtes sans toutes les fouiller. Je les ai dissimulées au fond des étagères, derrière les livres. Je ne sais pas si je les regarderai encore. Elles crient tellement ce que je n'ai pas su voir et qui a longtemps massacré ma vie.

Je te prie. De m'inspirer, de me soutenir, de m'aider quand je dois affronter quelque chose que je redoute. Et tu m'emplis de mystérieuse chaleur à chaque fois. Où donc es-tu pour être là et pas là à la fois, dedans et nulle part ? Je m'ennuie si fort de toi.

J'ai gardé ton nom sur les boîtes aux lettres et sur mon portable. Tu reçois encore du courrier et quelquefois je pense t'appeler. Qu'entendrais-je ? Un disque, le vide ? Toi, peut-être ? Un autre qui aura récupéré ta ligne ? Je ne m'y suis pas risquée.

Tu n'es jamais là où je t'attends, tu me prends toujours par surprise. En descendant les escaliers de l'IRCAM, pour aller écouter un concert de musique contemporaine, je t'ai deviné ce soir-là à mes côtés, de brefs instants. À la demande de Laurent Bayle, alors directeur de la prestigieuse institution de recherche et de création musicale fondée par Pierre Boulez en 1974, tu avais créé là-bas le département design sonore, y avais travaillé quelques années, en face du Centre Pompidou. Et je te sentais là, encore.

Pour me punir de t'avoir mal aimé, de ne pas t'avoir rendu assez heureux, je m'invente parfois de méchantes certitudes. Si j'étais morte la première, tu ne serais pas aussi anéanti par mon absence. J'étais déjà ta troisième femme, une autre serait venue accompagner tes derniers jours. Je me torture. Pour donner une raison au désespoir de toi, au manque de toi. Pour te faire exister envers et contre tout.

M'avoir permis de partager tes derniers instants, à la maison, au milieu de nos meubles, de nos objets, de tes livres, de tes tableaux – même trop souvent dédicacés à ta seconde épouse – est un des plus beaux présents que tu m'aies faits. Ces dernières années, ces derniers mois, ta douceur, tes sourires délicats, tes baisers du bout des lèvres, tes regards embrumés, ta crainte permanente d'avoir commis ou dit une bêtise, ta volonté obstinée de faire comme si, de ne pas avoir l'air d'être malade, absent au monde m'auront bouleversée et me bouleversent encore. Ils m'ont appris tant de choses sur la manière d'affronter sa fin. De l'accepter malgré la peur de s'y abandonner.

Des leçons de dignité. Tant que je t'admirerai, tant que je t'aimerai, tu ne mourras pas, tu resteras là. Près de moi. En moi. Es-tu vraiment mort, Louis ? Au moindre bruit dans l'appartement vide, je m'apprête à te voir apparaître. J'attends de te voir apparaître. Même aussi abîmé, défiguré que tu l'étais dans ton cercueil.

En cachette, seule dans l'ancienne chambre de Paul où on avait dû t'installer pour la mise en bière, je t'ai beaucoup photographié, tout petit dans cette triste boîte. J'y avais déposé, tout contre toi, le crucifix de Taizé offert pour ma communion solennelle et celui en bronze doré qui t'appartenait et que Luc avait accroché au-dessus de ton lit lors de tes dernières semaines. Avec Paul, ils avaient ajouté aux crucifix ces sculptures qu'ils t'avaient fabriquées enfants pour quelque fête des Pères et que tu conservais religieusement sur ton bureau. Ils avaient souhaité qu'elles t'accompagnent.

Nos fils m'auraient reproché, sans doute, de te mitrailler à la va-vite avec mon portable, à peine reconnaissable et de mes doigts tremblants d'être surprise par eux. Ils disaient que ce n'était pas toi, allongé à l'intérieur de ce cercueil dans ce costume de marié devenu trop grand, avec ce visage vert-jaune, cette bouche trop fine au rictus inquiétant, cette barbe naissante, avec ces yeux maladroitement collés.

Je regarde souvent, pourtant, ces photos affreuses. Je les aime. Elles m'apportent de la paix, de la tendresse. Peut-être parce qu'elles n'appartiennent qu'à moi. Elles ne sont que pour moi. Elles sont notre dernier secret.

2009

Cette année-là, tu as passé des jours et des nuits au musée de l'Orangerie. Tu t'es immergé des heures entières au mélancolique royaume des *Nymphéas* de Claude Monet. Le directeur du musée t'avait commandé une installation sonore pour faire résonner dans leur éclat crépusculaire ces ultimes œuvres de l'impressionniste. Tu venais d'avoir soixante-dix ans. Tu étais enthousiasmé par cette proposition inédite. Pour la première fois, un musée national désirait une composition musicale pérenne pour accompagner une collection permanente. Ça tombait bien : pour toi, le temps du regard était aussi celui de l'écoute.

Tu appris tout de Monet, des *Nymphéas*, de leur installation à l'Orangerie en 1927 selon les plans mêmes du peintre, quelques mois après sa mort. Il les avait offerts à la France au lendemain de l'armistice du 11 novembre 1918. Elles étaient pour lui un symbole de paix. Et elles furent pour toi joie et tourment. Tu aimas te fondre en elles, t'oublier en elles, mais l'écriture de ta pièce sonore fut longue et douloureuse, nourrie d'insatisfactions et de doutes. Tu n'avais jamais confiance en tes talents artistiques ; tu te sentais plus fabricant d'éphémère, plus bricoleur que créateur d'œuvres éternelles. Pourtant auront retenti bien des années ton jingle de la SNCF et ceux que tu avais imaginés pour chaque salle du théâtre du Rond-Point à l'arrivée là-bas, en 2002, du créateur ami, iconoclaste et intrépide que fut toujours Jean-Michel Ribes.

Tournant en boucle dans les deux salles ovales de l'Orangerie, ta musique donnait un sentiment d'éternité comme de mouvement perpétuel. Elle était presque silencieuse, parfois, et au bord du lamento. Pourquoi si triste, encore ? Voix, cordes et piano s'y superposaient, et une polyphonie sorcière faisait doucement vibrer les couleurs. Peu à peu, l'écoute, comme tu l'affirmais, permettait de mieux contempler cette nature réinventée par un peintre presque aveugle. Elle devenait prière. Tu étais un magicien.

Tu l'avais été, déjà, en installant cette horloge musicale autour d'un bassin d'eau et au pied de la Géode en 1990, au parc de la Villette. Elle mesurait le temps, les minutes, les secondes, selon une architecture sonore diaboliquement pensée. Elle n'existe plus aujourd'hui. Ta création autour des *Nymphéas*, si théâtrale et intimiste à la fois, si songeuse et planante, n'a pas non plus été pérenne comme annoncé. Tu as vu ces réalisations se déliter, prendre fin. Tu n'en disais rien. Tu en souriais avec un certain panache. Jamais d'aigreur. Tu restais heureux des moments passés à les inventer. Tu te taisais avec une telle force qu'on ne pouvait te poser de questions.

2022

Malgré ma volonté de croire en ton amour à travers les preuves que tu as su m'en donner, malgré mon dégoût de me vivre en victime depuis trop longtemps, les vieux doutes reviennent m'assiéger parfois. Même en ton absence. Ils ont dû embrumer ton existence, alors que tu ne demandais qu'à joyeusement tout recommencer. Tu semblais si léger, si frais, si décidé à être heureux.

À quoi me servait cette jalousie insidieuse et tenace de ta vie d'avant ? C'est que la critique de théâtre apparemment reconnue, la directrice de rédaction autoritaire obsédée par son boulot et l'image du journal à défendre, la femme de médias dynamique et exigeante que je pouvais représenter à l'extérieur ne vivait en fait que par toi, par tes aventures musicales, tes entreprises dans le design sonore. Ta vivacité me nourrissait. Moralement, politiquement, spirituellement. J'adorais tes paradoxes provocateurs, tes insolences, tes rires. J'étais bien fade à tes côtés. J'avais l'intime conviction que tu savais tout, comprenais tout, pressentais tout. Tu m'étais une sorte de gourou. Je passais mon temps à me taire pour te questionner et mieux t'écouter. Lorsque nous étions ensemble, j'avais la sensation de t'interviewer à longueur de journée. Et je m'effaçais.

Tu ne lisais guère mes articles, mes chroniques, mes critiques, ne participais pas aux événements publics, débats ou rencontres que j'organisais et tu aimais plutôt peu *Télérama*, que tu avais fréquenté dans les temps lointains du *Monde de la musique*. Tu qualifiais alors le journal d'« asile psychiatrique ». Peut-être. L'ancien journaliste du *Monde* que tu étais fondamentalement resté, avec la morgue professionnelle propre au titre, comprenait mal notre manière artisanale de fonctionner et comment je dirigeais la rédaction à ma façon sensitive, intuitive, passionnée. Tu m'aidais de tes conseils, mais notre univers te restait étranger et j'en parlais de moins en moins.

Je savais que tu admirais surtout ma force de travail, mon énergie. Que je me réveille chaque matin à 5 heures t'emplissait d'émerveillement quand tu dormais si lourdement encore.

Je ne sais si tu me trouvais intelligente. Tu ne me l'as jamais dit. De toute façon, quoi que tu dises ou ne dises pas, tu me possédais corps et âme. D'entre nous deux, c'était toi avant tout qu'il fallait préserver, sauver. Et j'en étais fière malgré mes tourments. Je t'avais gagné.

Aujourd'hui, si quelqu'un s'avisait de me demander ce que je pourrais retenir de ma vie, je répondrais sans hésiter: « Je l'ai aimé. »

2008

Chaque soir, avant de t'endormir, tu te préparais religieusement à rêver, couché sur le dos, calme ; et, au petit matin, tu notais tes rêves dans un carnet. Tu disais y piocher des idées pour ton travail en cours ou le prochain. Tu affirmais même intervenir parfois dans tes propres songes pour mieux y dénicher des lumières. Au fil de tes longues années de psychanalyse, tu avais élaboré une technique qui m'échappait et sur laquelle je n'osais trop te questionner. C'était ton monde. Et je me sentais démunie face à la richesse de ces aventures nocturnes que tu racontais souvent au réveil. Moi, je ne me souvenais jamais d'aucun rêve.

Pas un bruit ne devait perturber ton précieux sommeil et tu pouvais entrer en fureur, toi d'ordinaire si calme, si tolérant, dès lors qu'on menaçait dedans ou dehors le silence de tes nuits. Il s'y passait des choses tellement étranges.

Dans quelle langue mystérieuse criais-tu si violemment parfois, te dressant du lit sans effort, comme soulevé par une force inconnue ? Avec qui te mettais-tu à lutter avec tant d'acharnement, au risque de me battre si je tentais de t'approcher, de saisir tes bras et tes jambes agités pour t'apaiser ? Tes cauchemars étaient fréquents, dans cette langue gutturale et effrayante, incompréhensible, comme jaillie du royaume des morts. Une langue aux sonorités dégoûtantes et brutales, qui crachait, vomissait. Une langue de haut mal. Où habitais-tu, les yeux soudain exorbités d'épouvante alors que tu étais endormi ? Dans quel royaume terrible étais-tu entré ? Tu étais devenu le messager d'infernales et ténébreuses puissances. Tu me faisais peur. Mais n'étais-tu pas aussi ce drôle de mage capable de pressentir en les caressant les tumeurs pernicieuses des corps et de soigner les douleurs ?

Tu eus ces cauchemars magiques, ouverts sur d'autres esprits, d'autres forces, jusqu'à ce que t'atteigne la maladie. Dès le premier étrange évanouissement, la première totale perte de conscience qui l'annoncèrent, les effroyables conversations nocturnes avec l'au-delà cessèrent. Tu n'intéressais plus ces morts qui te hantaient de nuit en nuit, de sommeil en sommeil. Qui te parlaient et à qui tu répondais. Ils n'avaient plus besoin de toi pour s'amuser à leurs jeux d'enfer, communiquer avec des vivants. Se venger, peut-être. Ils t'avaient emporté. Ils savaient que tu étais passé de leur côté, du côté du temps fracassé et de la mémoire en miettes.

Et bizarrement, toi qui n'avais plus les mots, ou si peu désormais, lorsque tu parlais dans ton sommeil de malade d'Alzheimer, c'était avec le discours construit, le vocabulaire ample d'autrefois. Tu tenais dans ta nuit des propos éloquents et calmes qui me stupéfiaient dans leur cohérence retrouvée. Combien de fois ne t'ai-je pas réveillé pensant que tu étais miraculeusement guéri, que tout allait s'arranger, finir, redevenir comme avant.

Mais à peine éveillé par moi, tu ne savais plus de nouveau où tu étais et comment exprimer les rêves que tu avais traversés. Les mots brillants échappés à haute voix de ton sommeil, ces mots qui existaient donc bel et bien encore quelque part, s'étaient à nouveau enfuis et perdus. Où ?

2022

Parfois, aujourd'hui, j'ai l'impression d'être toi. Une manière un peu brusque de tourner la tête vers la droite – pourquoi la droite ? –, et je sens ta mèche de cheveux sur mon front. Une scène cocasse, et tes yeux goguenards deviennent les miens. De grandes déclarations prétentieuses, et tu ris, te moques à travers moi.

Comme je m'en veux de n'avoir conservé aucun de tes messages sur mon portable, écrits ou parlés. Mais je ne garde rien de ce qui m'est, à un moment précis, adressé. Cela me paraîtrait violer la confiance de l'autre, le piéger dans des propos qu'il pourrait un jour regretter. Je jette.

De toute façon, tu me laissais peu de messages. Tu détestais le téléphone, les rares SMS que tu m'envoyas lorsque nous vivions ensemble me souhaitaient juste une tendre nuit quand tu étais en voyage pour ton travail ou quand j'allais moi-même voir un spectacle en province ou à l'étranger. J'attendais d'être à l'hôtel, dans mon lit, pour lire et relire ces quelques mots.

De toi, j'ai conservé tout ce que je pouvais. Et je ne quitterai jamais cet appartement, trop grand maintenant, où nous avons vécu. Parce que nous y avons vécu. C'est ton temple. J'y vis en permanent pèlerinage. La chambre de tes derniers mois, quand tu ne supportais plus le moindre bruit ni que je me réveille trop tôt le matin, est restée inchangée. La nôtre, aussi, tout à côté. Et tes livres, tes objets, tes ultimes bricolages, absurdes et drôles, quand tu ne savais comment occuper tes journées. Ta collection de jouets, de petites voitures et objets enfantins.

Je mets tes pyjamas durant la nuit et je porte ta robe de chambre chaque soir et chaque matin. Six mois durant j'ai même utilisé ta dernière brosse à dents, fini tes pommades et ton parfum. J'adopte aussi malgré moi certains des tics de ta maladie qui m'étaient pourtant insupportables : fermer les volets, découper les mouchoirs ou les serviettes en papier. Une manière de te faire vivre encore, d'être toi, de me fondre en toi.

Avec tes costumes, tes pantalons, tes manteaux recoupés à ma taille, j'épouse à nouveau ton corps. Je suis un peu devenue toi.

Une sorte de fantôme. Qui erre dans notre splendide et folle histoire. Et te redécouvre, alors que c'est trop tard. Comme cet amour que tu avais pour moi dont je doutais tant et que tu n'as cessé de me porter.

Quand je suis allée te rendre visite au cimetière, pour l'anniversaire de notre mariage, le week-end avant le 17 mai et le départ pour le Festival de Cannes, j'ai découvert à peine arrivée devant notre tombe que la pierre blanche en était arrachée en bas à droite, juste sur les lettres déjà taillées de mon nom à côté du tien. De « Pascaud », il ne demeurait plus que « Pas ». Le « caud » gisait à quelques centimètres...

Je n'ai d'abord pas compris. La déchirure de la pierre m'a fait mal. Un violent coup de pied mal intentionné à mon égard de quelqu'un du village ? Un mauvais présage ? J'ai aussitôt demandé au tailleur de la pierre de Souppes de recoller le morceau. J'ai peu à peu pensé à une blague que tu m'aurais faite à demi-mot. Tu n'avais pas envie que je m'engloutisse en toi, que je disparaisse et vienne te rejoindre sous terre. C'était toi qui avais violemment soufflé de l'au-delà sur mon nom gravé, jusqu'à le faire disparaître à moitié. Tu voulais que je vive encore. « Pas » que je meure...

Mort, tu es encore le plus drôle, le plus solaire, le plus vivant de nous deux.

Cet ouvrage a été composé
par Maury à Malesherbes
et achevé d'imprimer sur Roto-Page
par l'Imprimerie Floch à Mayenne
en décembre 2022
pour le compte des Éditions Stock
21, rue du Montparnasse, 75006 Paris

Stock s'engage pour l'environnement en réduisant l'empreinte carbone de ses livres. Celle de cet exemplaire est de :
600 g éq. CO_2
Rendez-vous sur www.editions-stock-durable.fr

PAPIER À BASE DE FIBRES CERTIFIÉES

Imprimé en France

Dépôt légal : janvier 2023
N° d'édition : 01 – N° d'impression : 101619
73-51-7965/7